無限に拡《ひろ》がる大宇宙、なんて西暦年間の古典作品のフレーズを思い出しながら、カイト・クラウチは目の前にある異星文明の産物を見上げていた。

宇宙船。しかも個人用の。

地球でこんなものを手配するとしたら、はたしてどれほどの資産が必要となるのやら。だが、この場ではそれほど高価なものではない。比較的普通に手に入る資産だと言われては、自分がれた異文明の凄《すさ》まじさに舌を巻くほかない。

船に、名前はまだない。人の姿のほとんど見えないこの工廠《こうしょう》で、つい先ほど出来上がったりだからだ。全て自動化されているわけでも、誰もいないわけでもない。機械知性と呼知性体が、それとは区別がつかないだけで今も絶え間なく動き回っている。

の色は黄色と黒。カラーリングにあまりこだわりはなかったが、何となくしっくりくる。立つ心を落ち着かせつつ、これからの生活の大半を過ごすだろう船を眺める。自分のた調整されたこの船は、隣に立つ相棒と同じく、これからの人生を華やかに彩《いろど》る大切な仲間類上、この船は小型船ということになる。一人から三人程度で運用することを想定しているそうだ。

前方には操縦席、後方には生活スペース。戦闘行動だけでなく光速に迫るほどの高速移動も可能で、飛来する障害物から船体を守る障壁まで完備しているという。至れり尽くせりとはこのことか。

前面にはガラスのようなものはない。それでも中から外がはっきりと見えるというのだから恐れ入る。前方はまるで船の舳先のようなデザイン。

「マスター・カイト。生活区画のデザインは私の方で設定しておきました」

「助かるよ」

側面と後方にも、特に部品らしいものはなく滑らかだ。遠い昔からまことしやかに噂されていた、外宇宙からの船のデザイン。未確認飛行物体と呼ばれていたアレに似ていなくもないような。思い浮かんだその考えを、偶然だよなと否定する。彼らの技術水準をもってすれば、地球にまったく知られることなく地球に飛来することなどあまりに簡単だからだ。彼らが地球人に見つかるような下手を打つことはないだろうと、カイトはあまり長くない付き合いの中でも確信していた。

「何と言うか、この形を見るだけだと動きそうもないんだけどね」

「不思議なものですね。これが宇宙を飛び回るというのですから」

まるでカラフルなだけのオブジェのような姿。なにしろ推進のためのパーツも、武器に見えるパーツも何も表には出ていないのだ。

この船の推進機構も船内にエネルギーを供給する方法も、これまでのカイトが聞いたら鼻で笑うようなもの。

ある意味で、人力。心に思い浮かべるだけ、自分の意思ひとつで動かすことが出来るという、そんな不可思議な機構。光よりも速く動き、物理法則を無視したような動きさえ実現できてしまう。

だが、今の彼にはそれを笑うことは出来ない。そうあれかしと、自分自身で願ったのだから。

「マスター。この船を使って、どんなことをなさりたいので？」

「そうだね。せっかく拾った命だ、この銀河の色々なところを見て回ってみるのも面白いかもしれないね」

カイトの住んでいた地球は滅びた。原因は不明。

当時宇宙に出ていたカイトは、崩壊を待つばかりの地球社会に戻るのではなく、最後の地球人《アースリング》として出来るだけ遠くへ向かうことを選んだ。

そして出会ったのが、銀河に広大な版図を持つ連邦のエージェントたちである。

何だかんだと気に入られて、連邦の市民権を手にして。

今や地球のテクノロジーでは考えられないほどの高性能な船を手にするところまできている。

「それにしても……色々あったねえ」

12

「そうですね」

地球を出てから今日まで、口にするのも馬鹿馬鹿しいような激動の日々だ。カイトはまるで走馬灯でも見るように、ここに至るまでの日々を思い返していた。

第一話
別に僕は
ピテカントロプスじゃない

Traveling through the galaxy together.

Former prisoner and guard of a space prison leave a ruined earth and head for the stars

「判決。被告カイト・クラウチを追放刑に処する。禁固期間は七千日」

背後でのざわめきと、裁判官の怒鳴りつけるような静粛にという声。不当だと叫ぶ男と、何かを殴るような音。

それらを無感動に聞きながら、カイトはぼんやりとその判決を受け入れていた。

＊＊＊

民衆が政治に求めるものが、本質的にどう自分を甘やかしてくれるのかという点だけに特化するようになって随分経《た》つ。つまるところ、現代とは自分以外のあらゆる他者に対して人々が興味を失った時代と言えるのかもしれない。

内戦や戦争は相変わらずあちこちで起きている。何年か前には人身売買で国家転覆を図った自称革命家が捕まった。救国の英雄と呼ばれていた人物も、数年にわたる暴政の結果、今度は自分の政権が転覆させられる側に回ってしまったわけだ。裁判の結果、先んじて空の彼方《かなた》へ追放されていた。彼は確か、終身刑だったたか。

カイト・クラウチは、ある政治結社の象徴となるべく育てられた。

極めて健康であり、精神的、肉体的才能に最もバランス良く秀《ひい》でている。すなわち誰よりも優れた人間こそが、世に諦観の安寧を植え付ける現代政治を打破する新しい『指導者《どくさいしや》』として立つべきだという理念。

そんな思想を備えた『秘密結社』とやらが、指導者の雛型《ひながた》として育てた中の一人がカイトである。

何が基準で選ばれたのかは今でも分からないが、彼は家族から少なくない金額で小さいうちに売り飛ばされ、結社の中でそれなりに大切に育てられた。

幾度となく続く試験を経て、『最終候補』二人のうちの一人に選ばれた少年は、結局は『指導者』として立つ前に当局に逮捕されたのだった。

「ま、死刑にならなかっただけ幸運だね」

カイトにしてみれば、ちょっと行き過ぎた感じの塾で偏り気味の教育を受けただけという印象しかない。彼らの宗教的ともいえる政治思想には内心で辟易《へきえき》していたし、特にそれを受け入れた覚えもなかった。明確に否定したこともなかったから、状況に流されたことが罪だと言われれば受け入れるほかにないが。

判決が読み上げられている間、特に望んでいたわけでもない指導者などをやらされなくて済むことにむしろ安心したものだ。

七千日ということは十九年と少し。四十手前で社会に放り出されるのは勘弁して欲しいなあと、裁判官の話を聞き流しながら考える。せっかくだから倍にならないかな。

ふと思い出される、裁判の始まる前に接見した総師閣下との会話。秘密結社で育てられただけの、世間知らずの単なる一般市民。そんな自分に国の代表が会いにきたという事実に、最初は随分と驚いたものだ。

『クラウチ君、済まない。君のような若者に一人責任を背負わせてしまう』

「気にしないでください。望まない役割を無理くりやらされるよりは遥《はる》かにマシな状況ですよ」

『不思議なものだ。もしもこんな出会いでなければ、君はきっと私の後継者に……いや、これ以上は言うまい』

「息災で、閣下」

『君がこれから送られる個人監獄では、出来るかぎり快適に過ごせるように手配してある。総帥という立場にあっても、私の裁量ではこれが限度だ。許して欲しい』

「それが一番嬉《うれ》しいです。本当にありがとうございます」

不思議なことに、現行政権の最高責任者である総帥とは裁判の前後から親しくなった。判決が出るまでと出てから宇宙に追放されるまでの間、カイトの生活の水準が悪くなかったのは総帥閣下の尽力によるものが大きい。

一方でカイトを育てた組織は相変わらずのようで、次の指導者候補とやらを探し出して育てているようだ。どうやら自分の救出作戦は検討すらされていないか、検討されたものの早期に却下されたらしい。

その話を他でもない総帥から聞かされたカイトは、泳がされている彼らを哀れに思ったものだ。同時に、自分という存在が社会のガス抜きに活用されたのだとも理解する。

なるほど、ただ勉強して体を鍛えていただけの穀潰しも、何やら世の役に立てたらしいと思えば少しばかり誇らしかった。

＊＊＊

判決から程なく。カイトは自分の監獄ごと軌道エレベータから宇宙空間へと放り出された。

それは彼が特別なわけではなく、追放刑の受刑者は全員が同じ境遇をたどる。個人監獄は部屋ふたつ分くらいのサイズ感だ。主な生活区画には睡眠用のベッドと、運動用の機材がいくつか。食事区画と排泄《はいせつ》用の区画、そして体の洗浄区画がそれぞれ分かれているから、部屋としては合計で四部屋といえるか。後半の二つは狭いけれど。

思想犯罪者２７９５０２号。それがカイト・クラウチに与えられた新しい呼び名だった。

「初めまして、ミスター・クラウチ。私はこの場所でのあなたの生活を管理する刑務官です。

宇宙空間での精神・物理的なあなたの健康に配慮するとともに、この監獄における生命維持装置の管理機能も備えています。私を破壊することは非推奨行動であると提言します」

直径三十センチメートルほどの、球体。声色は女性のものだった。

どうやらこれが今日からの人生のパートナーであるらしい。

結局刑期を倍に延ばしてもらうことは出来なかった。つまり、四十前で路頭に迷うことが既定路線となったわけだ。どうしたものか。

「この挨拶が終了した時点で、ミスター・クラウチは受刑者として番号で呼称されることとなります。これは仕様ですのでご容赦ください。では受刑者２７９５０２号、これからの期間を実りある時間にしましょう」

この刑を受けた者のほとんどにとっては、その言葉は痛烈な皮肉だっただろう。

だが、カイトにとっては決してそうではない。彼は地上で随分と疲れていたのだ。人の思惑や勝手な思想に巻き込まれるくらいなら、たった一人の宇宙空間は望むところですらあった。

ひとまず先のことは考えずに、これからの独居生活を楽しむことだけに意識を切り替える。

「本当だね。今日からよろしく、刑務官殿」

「……イエス。受刑者２７９５０２号、何か質問はありますか」

「うん。まずはこの場所での禁止事項について教えて欲しい」

「禁止事項はいくつかあります。まず、地上の情報を知ることは原則禁止です。申請を出せば検閲ののち情報をお渡しすることは可能ですが、メールのやり取りなどは不可能だと理解してください」

「了解。おそらく申請は出さないだろうから気にしないでくれるかな」

「そうなのですか？　これまで受刑者の百パーセントが地上の情報を求めています。もしも必要になりましたら申請ください」

「分かったよ。他には？」

刑務官は実に事務的に、禁止事項を羅列していく。この監獄へのハッキングの禁止、監獄の操縦スペースへの侵入禁止、監獄の物理的破壊の禁止、そして自傷行為と自殺の禁止。

監獄の物理的破壊と自殺は同じ意味ではないかと聞くと、刑務官はどう違うのかを教えてくれた。

「残念ですが医療行為を理由とした地上への帰還も認められません。各種疾病《しっぺい》の罹患《りかん》などについては、医療技術をインストールされておりますので私が対応することになります。医薬品も私が地上から取り寄せますので、自傷行為や自殺未遂などで地上に戻ることは出来ないとご理解ください」

「つまり、自傷行為の治療を理由に地上に戻りたがった先輩が過去にいたんだね？」

「その通りです」

一応、刑期満了前に地上に戻れる場合もあるようだ。

ひとつは、偶発的な事故。小惑星との衝突などが該当するとか。破壊あるいは回避行動は刑務官の方で行うのだが、失敗した場合や規模の関係で回避しきれなかった場合には地上への一時帰還が認められるらしい。ハッキングの禁止というのはここにひっかかるからだろう。

とはいえ、衝突などしたら帰る前にお陀仏《だぶつ》ではなかろうか。

と、考えにふけっている間に刑務官からの説明は終わった。

「ひとまず説明は以上です。当監獄では受刑者の精神的な安定のために、お渡しするタブレットでは一定の範囲で娯楽作品などを楽しむことが出来ます。なお、模範囚に対してはその範囲が拡大することもありますから、出来るだけ模範的な行動を心がけてください」

「おや、それは嬉《うれ》しい」

「ひとまず事前の申請により、西暦年間に出版された古典から最近までの文芸作品についてはプリインストールされております。それ以外の出版物については別途申請を――」

「刑務官殿」

「――なんでしょう?」

この辺りも総帥殿の手配りだろう。彼とカイトを最初に繋《つな》いだのは、何と言っても趣味が同じだったからだ。

目をきらりと輝かせながら、刑務官殿の言葉を遮る。

「出版されていない作品なんかは手に入るかな?」

「非売品ですか？　検索をかけてみようとは思いますが、見当たるとは限りません。何かご希望がありましたら仰《おつしや》ってください」

「ＭＯＡＩ・九重先生の『シノビブレイド』はどうだろう？」

「……該当作品はデータベースに存在しません。ネットワーク検索を申請されますか？」

「もちろん。頼むよ！」

カイトは捕縛される前から、ネットワークの奥底に沈んでいる西暦年間のテキストデータを探し出して読むのを趣味としていた。

総帥閣下は西暦年間に出版された古典作品を好んでいたが、カイトは若いからかよりディープなものまで好む。

書籍として出版されなかったものの中にも、アングラなネットワークアーカイブには西暦年間の名文がいくつも埋もれていたりするのだ。

「いやあ、退屈しないぞこれは」

「楽しそうで何よりです」

刑務官の声は、機械的ながら心なしか呆《あき》れたような響きを持っていた。

＊＊＊

人間の一生において、読める活字の量は残念ながら限られている。生きている間に全ての名文を読むには時間が足りず、そしてそれだけに人生を費やすことはほとんどの人間に許されない贅沢《ぜいたく》だ。

カイトはその限られた一生の中で、誰にも邪魔されることなく読むことに時間を費やす権利を得られたと、囚人生活を前向きに捉えていた。

「さて、運動終了。刑務官殿、チェックよろしく」

「イエス。運動機能、身体機能に低減は見られません。本日の予定は終了したと判断します」

「ありがとう。さてと……」

日課の運動を済ませ、早速タブレットに意識を落とす。

食事と運動と睡眠と読書。カイトの囚人生活は完全にそのルーティンを維持している。刑務官いわく、自分は実に模範的な囚人であるという。

彼にしてみれば、好きなことを好きなようにしていたら模範囚扱いされているだけだ。むしろそれを理由に刑期が短縮されては困る。

「そうだ、刑務官殿」

「なんでしょう」

「僕の刑期は、模範囚であることによって短くなったりするんだろうか」

「ノー。追放刑の受刑者は刑期短縮の対象外です。残念かもしれませんが——」

「いやいや、それならいいんだ。ところで刑務官殿、申請を出していた西暦二〇〇〇年代前期のアングラ作品の閲覧許可は下りたかな」

「イエス。三百時間以内にデータが転送されてくる予定です」

「よしッ！」

ぐっと拳を握る。刑務官は何がそんなに嬉《うれ》しいのでしょうか、などと珍しくぼやいた。

カイトはデータが送られてくるまでの間の退屈を何で紛らわせるか、データベースに登録されている書籍の情報を漁《あさ》るのだった。

＊＊＊

そんな追放刑が始まって、三年ほどが過ぎた。通常の受刑者であれば、一度や二度はカウンセリングが入るくらいの期間なのだが。

カイトは囚人生活を実に満喫していた。

——この日までは。

「報告があります。ミスター・クラウチ」

「？」

番号ではない形で呼ばれたことに、内心で驚きながら刑務官の方に顔を向ける。

「番号で呼ばないなんて珍しいね」

「本日をもってミスター・クラウチの刑罰期間が消滅したことをお伝えします」

「……詳しく聞こうか」

刑期の消滅とは穏やかではない。

追放刑の受刑者が恩赦の対象にならないことも確認済だ。いや、対象になっていたとしても十年以上の刑期がいきなり短縮されることはないだろう。

「地上との連絡が途絶しました」

「それは初耳だ」

「ミスター・クラウチは地上の出来事に興味を示しませんでしたから」

「耳が痛いね」

「はい。通信可能なあらゆる国家体との連絡が取れないこと、地球の汚染領域が急速に拡大していることが認められたため、何らかの要因によって人間社会が崩壊したと判断しました」

現実感のない説明に、思わずカイトは地球の見える窓に寄る。

「軌道エレベータが折れてる」

「はい」

最後に地球を見下ろしたのはいつだっただろう。何が原因か、地上から伸びている軌道エレベータが折れているのが見えた。視界の範囲外にも何本かあったはずだが、この様子では無事

ではないのだろう。

なるほど、人類史は終わったんだなと、カイトは静かに理解した。

「以上の理由により、ミスター・クラウチの追放刑は期間満了したものと判断いたします。刑務官8979はこの監獄における上位者としての権限を終了、ミスター・クラウチを新たなる上位者と認定します。マスター・クラウチ、指示を」

事務的な刑務官の言葉が、カイトひとりの監獄に空《むな》しく響いた。

刑期は終了した。不本意ではあるが、それだけが事実だ。

＊＊＊

まったく予想していなかった形で刑期を終えたカイトは、何とも困り果ててしまった。

本当は刑期の終了まで、ひたすら読書に明け暮れようと思っていたのだ。人類の歴史の中で積み上げられた書物は、ありがたいことに好き嫌いを選別してもなお、人生を全て費やして消費しきれないだけの量がある。

とはいえ、だ。

地上がどうやら壊滅してしまった現状、食糧や水の補充は望むべくもない。無駄遣いさえしなければ半年分くらいはあるというのが救いか。

「マスター・クラウチ。今後の方針を提示してください」

「それなんだよなぁ」

元刑務官殿の言葉自体は、極めて真っ当なものだ。

このままここにいても、待っているのは餓死だ。

ちらりと窓の外を見る。折れた軌道エレベータと、まるで虫食いのように赤と茶色の部分が見え始めた地球。最終戦争でも起きたのか、大きな小惑星でも直撃したか、あるいはわがまま勝手を行う人類に対する地球からの審判か。

理由は分からないし、知ろうとも思わなかった。どうにも文明の崩壊したらしい地球に降り立つことに前向きになれないのだ。いや、文明が無事だったとしても戻ろうと思っただろうか。

悩んでいると、元刑務官殿がこちらの考えを先回りするように聞いてくる。

「地上に戻るのが最も生存期間の長い選択肢であると提言します」

「そうなんだけどね。かと言って、地上に戻った後、無事に生き延びられる可能性も考えないといけない」

「それは文明の残存状態によるかと。周囲の人工衛星に接続して、地上の状態を確認しますか？」

極めて合理的な提案だ。地上の状態を確認しなければ、提案を受けるも退けるもない。

だが、不思議なほどにカイトはその提案に乗り気になれなかった。

調べてもらったとして、最早《もはや》地上でも生き延びられる見込みはないなどと言われるのが怖いのだろうか。

ふと口をついて出た言葉は、元刑務官殿の質問に答えるものではなく。

「刑務官殿。この監獄には宇宙を航行する機能はあるのかな？」

「マスター・クラウチが囚人番号２７９５０２でないように、私はもう刑務官８９７９ではありません。質問に回答します。燃料が残存していますので、宇宙空間を航行することは可能です」

監獄に残された燃料は、刑期終了後に地球に戻るためのものだ。

カイトと同じように追放刑に処された囚人は少なからず居たはずだ。彼らはどんな選択をするのだろう。

窓から見える視界の端に、何かが地球へと突入しようとしているのが見えた。

「僕が生きている間に、どこまで行けると思う？」

「マスター・クラウチが生存できる期間であれば、火星軌道を超えるまでは向かえると判断します」

ぼんやりと質問しながら、自分の心と向き合う。

残りの日数を、何も考えずにここで過ごすという方法もあるのだ。だが、それはそれで絶妙にそそられない選択肢だった。

ここに残るか、地上に戻るか。口をついて出たのは、そのどちらも選ばないもの。

何となく理解する。カイトにとって、ここで過ごす日々は命を無駄に消費する行為ではなかったのだ。何だかんだと言って、心のどこかでは地上に戻った後の日々が存在するものだと感じていた。

自分の想像していた地上が。そこで新たな人生を始める未来が取り上げられた。戻ることに前向きになれない理由は、きっとそこにある。

「火星入植を目的とした船は、火星軌道までは向かったんだよね？」

「イエス。今から八十六年前に、火星への降下に失敗。降下準備の最中に何らかのアクシデントがあったようです。乗組員は全滅したと記録に残っています」

別惑星を対象とした宇宙開発への意思が世界的に挫《くじ》けたのもこの頃だと聞いている。あと二十年も経《た》てば再び宇宙開発への意欲を取り戻すのではないか、などという社説を地上にいた頃目にした覚えもあるが、残念ながらそんな日は最後まで来なかった。精々が月にステーションが出来た程度。それも結局は権力者と金持ちの別荘地のひとつとして終わってしまった。

とはいえ。火星軌道まで到達した前例はある。

馬鹿げた選択かもしれないが、これはおそらく今の文明を生きる人類としては最後の旅路になる。出来る限り遠くを目指したい。

元刑務官殿からきゅるきゅると音がする。どうやらあちらもあれこれ計算しているようだ。

「無理をしたらどこまで行ける？　火星軌道っていうのは僕の安全に考慮した上での話だよね」

「……マスター・クラウチの安全を考慮せず、周囲から改造のための資材を集め、可能な限りの加速を行ったとして。およそ半年程度で木星軌道に到達できるかと」

「オーケー。じゃあ、それで行こう」

何故《なぜ》だろうか。

何となく口にした瞬間から、カイトの頭からは他の選択肢が抜け落ちていた。

行くのだ。彼方《かなた》へ。命ある限り、遠くへ。

「確認します。地上への帰還は希望しない。地上への帰還は希望されないのですね？　まだ状態を調べてもいませんが」

「僕は地上への帰還を希望しない。地上がまだ人の住める環境だったとしても、もう住めない環境だったとしても、僕は旅立つことを選ぶよ」

「分かりました。それではマスター・クラウチの選択を尊重し、当機は木星軌道への到達を目指すこととします」

木星軌道に到達したからといって、生きながらえることが出来るわけでもない。

自分が彼方《かなた》へ向かったことを知る者もいない。自分が宇宙に追放されたことを覚えている者だって、地上に残っているかどうか。

かなり無理筋の旅路になる。小惑星の激突でもあれば道半ばに死ぬかもしれない。

結局のところ、これは死に方の選択に過ぎない。

残って死ぬか、戻って死ぬか、行って死ぬか。

不毛な選択だが、カイトは不思議と高揚していた。

自分の意思で選んだのだ。自分自身の行く先を。

「やあ、楽しくなってきた」

見回せる程度の狭い世界でいま、カイト・クラウチは誰よりも自由だった。

＊＊＊

出発までは数日を要した。

加速のための燃料調達や、申し訳程度の船体の強化を元刑務官殿が施していたからだ。

地球の周辺には、それなりに燃料の搭載された衛星などが残っていたらしい。誰の管理下でもなくなったそれらに取りつき、解体し、機体を増築する。

木星軌道までの距離はおよそ六億キロ。日速四百万キロという速度で進む航海だと元刑務官は説明してくれた。何かに激突すれば終わり。故障すれば終わり。それ以外に何かのアクシデントに出遭えば終わり。木星軌道までたどり着く可能性より、途中で死ぬ可能性の方が遥《はる》かに高い。

地球から離れる準備が出来た頃には、監獄はそれなりの宇宙船らしい体裁を整えたらしい。らしい、というのはカイトがそれを見ることが出来なかったからだ。一応監獄が破元が監獄であるからか、船外作業用の宇宙服なんてものは用意されていない。

損した時用の生命維持スーツはあるが、それも気休めに過ぎない。

そして、増築されたのはあくまで外装であり、当たり前だが内装はこれっぽっちも充実してはいないのだ。

窓の外が遮られなかったのだけは、褒めてもいいと思った。

「さて、それではマスター・クラウチ。この船に名前をつけてください」

「名前？　名前か……」

予想外のミッションだ。出発前に言うくらいなら、もっと前から言っておいて欲しかった。

何にしようかと悩んでいると、元刑務官殿は追加でミッションを課してくる。

「ついでに私の名前も設定していただけますか」

「え？」

「もう刑務官ではないと言っているのに、いつまでも刑務官殿刑務官殿と。船と私の名前を設定するまで、出発は出来ないと思ってください」

「ぐぬう」

中々ユーモアがあるじゃあないか。

カイトはその日、自分のネーミングセンスの無さと生まれて初めて向き合うことになるのだった。

＊＊＊

不満そうな雰囲気というのは不思議と伝わってくるものだ。

それが表情を持たない鋼の球体であっても。

カイトはそんな意味のない知見を得つつ、相手の反応を待つ。

「マスター・クラウチ。これは私に対する皮肉ですか。それとも本気でこの名前をつけようと考えたのですか」

「い、一応本気……だけれども」

「『情動』ですか。あくまで機械知性である私にその名前をつけると」

「あ、そっちなんだ。船の名前が気に入らないのかとばかり」

「何を言いますか。そちらは実に良《い》いネーミングでしょう。目的を端的に表現し、この船名を見た誰もが意図を理解できる。マスター・クラウチのネーミングセンスを評価したところですのに。ですが、それと私の名前の落差はどういうことかと」

「えー」

何というか、予想外だ。

むしろ船の名前の方が馬鹿にしていると怒られると思っていたのに。

ともあれ、気に入らないというのであれば仕方ない。

「んじゃ、新しい名前を考え直すことにするよ」

「え？」

「ん？」

「名前というのは、命名された側がそれを拒否する権限がないと聞いておりますが」

「いや、別に気に入らないなら考え直すよ？」

気に入らないなら、考え直せば良いだけのことだ。

だが、それはそれで気に入らないのか、きゅるきゅると音を立てる。

「マスター・クラウチは私の命名に特別ネガティブな意図があったわけではないのですね？」

「それはもちろん。これまでの感謝と君のイメージから必死に考え出した名前だよ」

「……ならばこちらの命名を受け入れることにします」

「え？」

「次の名前が、これよりも良《い》いものになるとは予測できませんので」

否定できない。

ともあれ、元刑務官殿は新しい名前を受け入れてくれたようだ。満足したわけではないようだが、これ以上蒸し返す必要もないだろう。きっとお互いの精神衛生にも良くない。

名前が決まった以上、出発までそれほど時間がない。ついでにカイトも自分の要望を伝えることにした。

「あ、そうそう。僕のことは、これからは名前で呼んで欲しいんだ」

「おや、何故《なぜ》です？」

「地上が壊滅したのに、今更苗字《みょうじ》を使う必要もないでしょ。僕はどこの何者でもない一人のカイトとして出発したいね」

「了解しました。では以後、マスター・カイトとお呼びします」

「ありがとう」

ぐん、と機体の姿勢が変わった。

窓の外を見るとよく分かる。地球の姿が見えなくなっていた。

中央の椅子に座る。ベルトを締めて、背中をしっかりと預け。

「マスター・カイト。それでは『グッバイアース』号、出航します」

「頼むよ、『エモーション』」

実に機械的なカウントダウンを聞きながら。

カイトは自分の命が地球からどれだけ離れたところまで保つのか、不思議なほどに高揚していた。心配や不安ではない。楽しみなのだ。

出来れば誰も辿《たど》り着《つ》いていないところまで、行ってみたいものだと。

誰も評価しない。誰も批判しない。誰も知らない。

実に自己満足に満ちた、人類最後の死出の旅。

「出発」

それがまさか、最後の旅にならないなんて思わなかった。

＊＊＊

「マスター・カイト。本機は先ほど木星の軌道を通過しました」

「了解」

「おめでとうございます。マスター・カイトは人類史上初めて、木星軌道を超えた民間人として記録されました」

「ありがとう。低くない確率で、最初で最後になるんじゃないかな」

それほど大きくない鉄の棺桶《かんおけ》の中で、カイトはエモーションからの報告にぼんやりと返した。目は手元のタブレットに注がれている。日課であるトレーニングと食事を終えたあとは、趣味の読書に耽溺《たんでき》するのが彼の流儀だ。

「エモーション。次は阿修羅鰻《アスライイル》先生の『ニューウェイブ』を出してくれるかい」

「またですか？　私のメモリには古今東西の著作が保存されています。西暦年間の作品ばかり……何もそんな古典ばかり読まなくてもいいじゃないですか」

「名作は何度読んでもいいものさ。阿修羅鰻《アスライイル》先生の作品群も、テリー8先生の『ロスト・エド』も何度読んでも新鮮な感動があるよ」

エモーションは特に反応しなかった。この話はこれまでにも何度かしているから、お互いに今更なのだ。

「それで、エモーション？」

「はい？」

「食料と水と酸素の残りはどれくらいかな」

「申し上げにくいのですが、食料と水の残存量はマスター・カイトの消費量から考えますと四十日分程度です。消費量を減らして延命の可能性を探りますか？」

「いや、必要ないよ。酸素は？」

「循環機能は正常に動いています。不慮のアクシデントがなければ四十日以上は保つでしょう」

「そっか」

欠伸《あくび》をひとつ。

最後に見た地球は、色あせつつあった。宇宙へと上ってきた時に見たカラフルな色彩が徐々に赤と茶色に浸食されていたのだ。滅亡したという説明を額面通りに理解出来てしまう、そんな変貌。

片道切符の宇宙旅行も、あと一ヶ月ほどで強制的に終わりを迎える。

「まあ、当面の目標は達成できたから、悔いがないといえばないのかな。僕が死んだら、地球人《アースリング》の標本として——うおっと⁉」

突如全身にかかる、凄《すさ》まじい衝撃。エモーションと一緒に壁面に激突する。痛い。

「何ごとだい⁉」

「小惑星の激突です！　現在当機は中規模の破損を受けています。姿勢制御を最優先に行います、動かないでください！」

「そうか。僕の人生の最期《さいご》は木星軌道上で宇宙の藻屑《もくず》ってわけだね。ここまでツイてたツケがとうとう取り立てられるってことかな！」

諦めたはずの命だった。それでも何故《なぜ》か、不思議な高揚感がある。回転が止まったところで、カイトは実に久々に外部カメラを起動した。人生の最期《さいご》に辿《たど》り着《つ》いた場所の景色を目に焼き付けようと思ったところで。

「……何だアレ」

モニターに映った光景に思わず悲鳴を上げた。

「エモーション！」

「何でしょう⁉　今、忙しいのですが！」

「外部カメラの向こうにある構造物について、僕は何の説明も受けていないんだけど」

しかも、船はどうやらその構造物に近づいているように見える。

巨大な構造物だ。この距離からは全貌が確認できない。小さな惑星ほどだろうか。

あちらこちらから漏れている光は、宇宙から見えた夜の地球の光にも似て。

カイトは自分で思っていた以上に強く郷愁を覚えた。

「何のことです？　センサーは何の異状も示していませんが」

「ということはこれは幻覚かな？　死にかけの時にはいろんな幻覚を見るって言うしさ！　このモニターの向こうに見えているコレは、僕の脳が作り出した錯覚というわけだ！」

深層心理が生み出した、帰る場所の幻覚。感じた郷愁など、思い当たる節がありすぎた。エモーションの中から彼女にしては珍しく回路の動く音がする。

カイトはエモーションからメンタルに対する強い警告が出るのを覚悟した。

が。

「驚きました。確かにメインカメラが巨大構造物を映しています。あの大きさでこちらのセンサーを誤魔化しているのか、あるいはセンサー類の不調でしょうか？」

「なんだって？」

エモーションの電子音声が、混乱している色を帯びる。

彼女の内部から聞こえてくるキュルキュルという音は、彼女なりに目の前の現実を処理しようとしている音だろう。

カイトは半ば楽しくなってきてしまった。

「これも民間人では初ってことでいいのかなあ、エモーション!?」

収監されてから一度も切っていない髪は、腰まで伸びている。無意識に手でそれを束ねながら、思わず声を荒らげた。

「生きたまま踊り食いとか、卵を産み付けられるとかは勘弁願いたいんだけどね!」

「古典ムービーの見すぎです。マスター・カイト」

まだ処理途中のはずのエモーションが、切れ味鈍く答えた。

「出来れば人生最期《さいご》の選択は、こんな難易度の高いものにしたくなかったんだけどねえ!」

死ぬか生きるか、異星人の虜囚か。果たしてどれを選ぶのが地球人《アースリング》的に正解なのか、カイトの頭脳はちっとも働いてくれなかった。

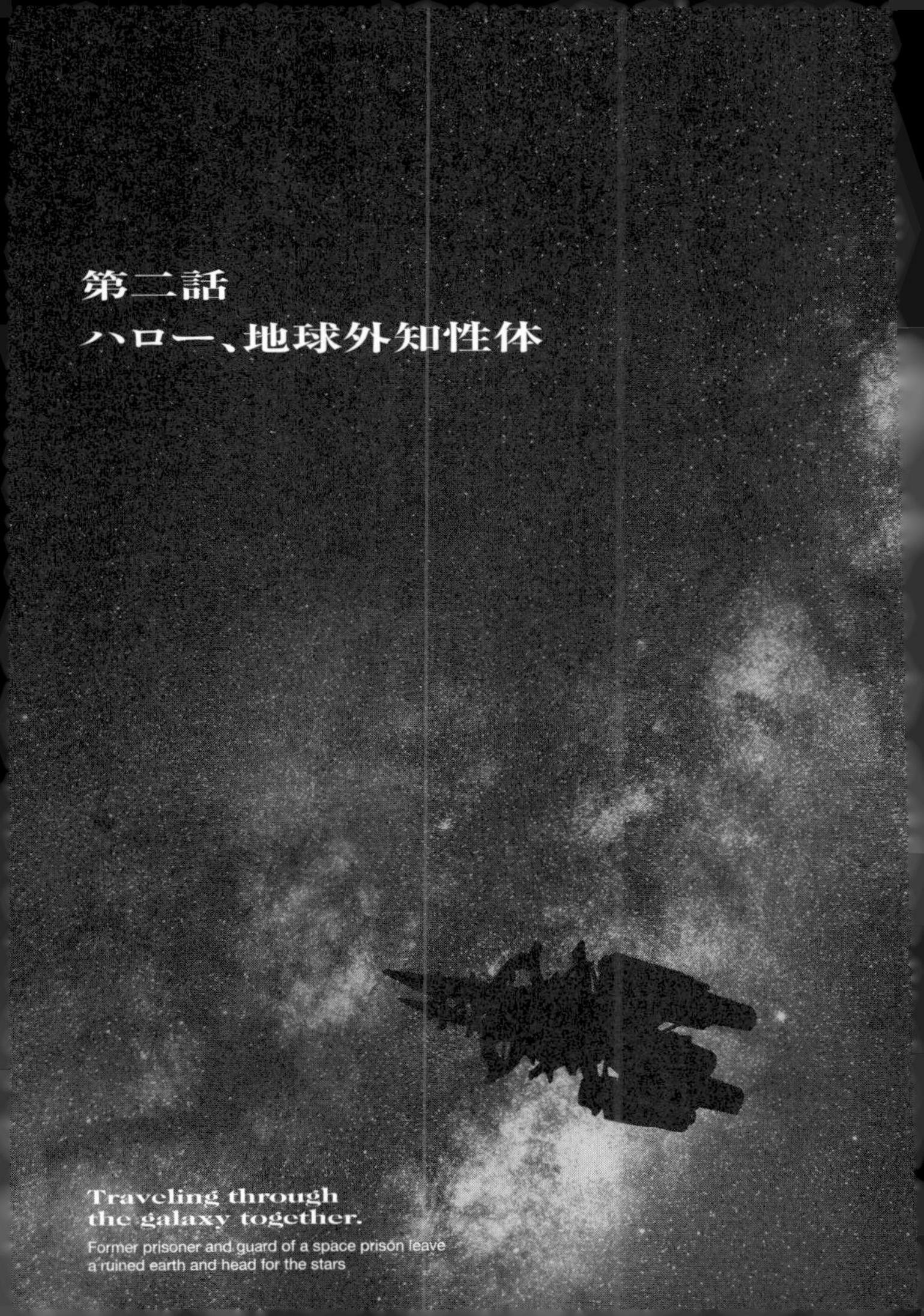
第二話
ハロー、地球外知性体
Traveling through
the galaxy together.
Former prisoner and guard of a space prison leave
a ruined earth and head for the stars

木星軌道付近で遭遇した、巨大構造物。

グッバイアース号は、引き寄せられるように構造物に向かっている。エモーションはそんな中でも対応を進めていたようで、警告音が一時的に止《や》んだ。カイトの頭もそれに伴って落ち着いてくる。

と同時に、自分が判断を迫られていることも分かっていた。

「どうしますか、マスター・カイト?」

「どうとは?」

「いえ、このままあの構造物に向かうか、逃げるかです」

このまま構造物に回収された場合、その先に待っている者が好意的だとは限らない。そもそも地球人《アースリング》と価値観を共有できる存在かさえ分からないのだ。

一方で、逃げたからといって生き延びることは出来ない。というか、そもそもの問題として船は中破しているのだ。このまま判断を迷っている間にも死へのカウントダウンは進んでいる。

カイトの中で、結論は既に決まっていた。

「行ってみるさ」

「……よろしいので？」

「どうせ死ぬならやれることは全部やっておこうかなってね。公式に発表されている範囲で、地球外知性体と初めてコンタクトを取った地球人《アースリング》って情報も追加しておいてくれるかい」

「それはもちろん」

船は構造物に向かいながら徐々に減速している。エモーションが船の速度を落としているのかと思っていると、きゅるきゅると音を立てた。

「マスター・カイト。船のコントロールが掌握されています。どちらにしても逃げるという選択肢は選べなかったようです。申し訳ありません」

「仕方ないね。僕たちのゴールはここだったってわけだ」

どこからこの構造体がやってきたかは知らないが、少なくともようやく木星軌道までやってきたカイトたち地球人《アースリング》と比べるべくもなく、その技術が格段に上であるのは明らかだ。

邂逅《かいこう》は止められない。

それならば、出来るだけ楽しむしかない。

ロッカーに向かい、生命維持スーツを取り出す。

「さて、どんなクリーチャーと会うことになるのかな」

「ですから古典ムービーを見すぎだと」

エモーションの呆《あき》れたような突っ込みは、やはりまだ切れ味が鈍かった。

＊＊＊

引き寄せられたグッバイアース号は、巨大構造物の内部に自然と招き入れられた。どうやらこの構造物は巨大な宇宙船であるらしい。

エモーションはすでにグッバイアース号とのリンクを切っており、機体を動かしているのはこの構造物の中にいる誰かである。

と、唐突にエモーションが落下した。カイトの体にもずしりと負荷がかかる。重力だろうが、この重さは何とも懐《なつ》かしいと思える。とはいえ、伝え聞いていたほどの辛さは感じない。毎日続けていた運動の成果か、ここの重力が地球ほどではないのか。

エモーションがきゅるきゅると音を立てた。カイトはエモーションのボディを持ち上げると、メインルームの壁面に設置されていた重力下用の制御ユニットに接続してやる。

「ありがとうございます、マスター・カイト」

「どういたしまして。さて、ここには重力があるようだね」

重力下用ユニットが駆動し、エモーションがふわりと浮かび上がる。

相変わらず船は自動で動いている。重力の影響下に入ったということは、目的地は近いのだろうか。

「マスター・カイトはあまり不安に思っていないようです。バイタル正常」

「そりゃ、ここまで来たら好奇心の方が勝つさ。有無を言わさず殺されるってことはなさそうだし」

「その根拠は？」

「そんな気があるなら、ここに来るまでの間に殺してるでしょ」

「そうでしょうか」

「地球人《アースリング》のサンプルとして標本にされる可能性もあるかな？」

言っておいて何だが、その可能性は低いと思っている。

こんな巨大建造物を作るほどの文明であれば、技術力や資源の差は明らかだ。わざわざカイトを招き入れる意味も必要もないだろう。

あるいは地球の文明を滅亡させたのは彼らなのかもしれないが、それならそれでどんな理由でそんなことをしたのか聞いてみたくもある。あくまで知的好奇心を満たすために。

楽観的なカイトに呆《あき》れたのか、エモーションは無言できゅるきゅると音を立てた。

思ったより多彩な表現技術を持った機械知性である。

＊＊＊

船が止まる。

カイトは特に躊躇《ちゆうちよ》なく、出入り口の扉を開けた。生命維持スーツは既に着ているから、しばらくは保つと判断している。命への執着を止めた地球人《アースリング》の好奇心と行動力を舐《な》めてはいけない。

エモーションが外の空気組成を調べていたが、「スーツは脱がないでくださいね」と言われたので地球人《アースリング》が生存しやすい状態ではないのだろう。

グッバイアース号から降りて、水色の床に降り立つ。天井と壁、床とそれぞれ色が違うのは、何かの意図があるのだろうか。

振り返ればグッバイアース号。そういえば初めて外観を見たが、ずいぶんとツギハギだらけの姿をしている。よくここまで保ったものだと背筋が少しばかり寒くなった。

「ハロー、地球外知性体の皆さん」

取《と》り敢《あ》えず、外部マイクをオンにして語りかける。

暫《しばら》くの沈黙の後、どこからともなく聞こえてきたのは。

『こんにちは、アースリングの方』

中々に流暢《りゆうちよう》な地球の言葉だった。

驚きはあまりない。カイトは彼らがここにいる理由の仮定、そのいくつかを脳裏から追い出した。

少なくとも、こちらの挨拶に返事を出来る程度には地球の文明を観測していたと分かったからだ。

『アースリングの生存に適した気体組成の空間を用意しました。通路を開放しますのでお越しください』

「それはどうも」

音もなく、壁の一部が開いた。扉のようには見えなかったが、どういう仕組みなのやら。

特に反抗する理由もないので、開かれた通路を歩く。少しばかり後ろをエモーションがついてくる。

天井が白色の、壁面が緑色のほのかな光を放っている。通路に継ぎ目がないのを不思議に思いながら、進んでいく。

「エモーション。何か異状はあるかい」

「特にありません。空気の組成も変化はないですね」

「了解」

少しだけ右にカーブしている通路を、ひたすら進む。

機械的な音が、壁の向こう側から時折聞こえてくる。どれ程歩いたか、ようやく正面に壁面を捉えた。

立ち止まると、背後でぷしゅっと空気の抜けるような音がした。振り返れば、背後が塞がれている。

「エモーション?」

「位置座標がわずかにずれました。扉が閉じたのではなく、我々のいる場所が少しずれた形です」

「ふむ」

特に足元が動いたようには感じなかった。これが彼らの技術力か。

と、エモーションがきゅるきゅると音を立てた。

「この場所の空気組成が入れ替わっています。どこにも空気口らしいものはないのですが……」

困惑している様子だ。エモーションに分からなければ、カイトにもそのカラクリは分からない。そのまま動きがあるのを待っていると、唐突に目の前の壁面が右に動いた。ふたたび通路があり、その奥には扉らしいものが見える。

どうやらそこが目的地であるらしい。近づいてみると、音もなく扉が開いた。半ばから上下に分かれる扉というのも珍しい。

「ようこそ、勇敢な。あるいは無謀な旅人。あなたは私たちと能動的に接触した初めてのアースリングです」

「初めまして、地球外知性体の方。僕は地球から来たカイト・クラウチです。こちらは相棒のエモーション」

「初めまして」

部屋の真ん中に座っていたのは、二足歩行の人物だった。地球人《アースリング》と比べると体毛がかなり多いが、思っていたよりかなり人間に近い姿をしている。

顔立ちは人間のそれに近いが、その顔も含めて全身を体毛に覆われている。異文明との出会いを実感して、カイトは思わず息を呑んだ。

エモーションが「この空間ではスーツを脱いでも大丈夫です」と言い出したので、取《と》り敢《あ》えずヘルメットだけを外す。文化が違うとはいえ、顔を見せている相手に自分の顔を見せるのは礼儀だろう。

「丁寧な挨拶に感謝します。ミスター・カイトとお呼びしても？」

「ええ、もちろん。僕はあなたを何とお呼びすれば良《い》いでしょうか」

「これは失礼しました。私はリティミエレと呼ばれるのが最も近しいでしょう」

「分かりました、リティミエレさん」

名前の時だけ発音に違和感を覚える。翻訳ソフトの類だろうか。

少しばかり毛深いリティミエレは、笑顔に見えるような表情を作ると、カイトに座るよう促した。床から直接生えたような椅子。

座ってみるが、特に拘束されることもない。エモーションが斜め後ろに来たので、取《と》り敢《あ》えず引き寄せて膝の上に載せた。

「私たちはかなり以前からあなた方を観測していました」

「そうですか。この場所にいたのは、僕の乗る船を確保するためですね？」

「はい。私たちもまたこれを最後の機会だと思っていましたから」

最後の機会と言った。観測していたのであれば、地球の文明が崩壊したのも分かっていたはずだ。

　リティミエレの言葉からすると、カイトと同じ選択をした者は他にいなかったようだ。

「僕以外の船で外を目指した者はいなかったのですね」

「はい。惑星外周部に居住していた百八十六名のうち、星に戻ったのが百四十二名。その場所に残留したのが二十五名。自ら命を絶ったのが十八名。時間経過を考えれば、残留した二十五名がこの座標まで到達することは出来ないでしょう」

「そうですか」

　特に感慨はない。

　宇宙空間にいたのは、宇宙ステーションなどに駐在していたスタッフ以外は大体が同じように追放刑に処された犯罪者たちだ。

　中にはカイト同様に社会のガス抜き目的で追放された者たちもいただろうが、追放刑に処された大半は恐るべき重犯罪者である。カイトは興味を持たなかったが、ほとんどが地上に戻ったということは、文明の崩壊はそれほど致命的なものではなかったのかもしれない。

　それよりも、カイトの興味はリティミエレの言葉にあった。最後の機会とはどういう意味なのか。

「最後の機会と言っていましたが」

「はい。アースリングの皆さんを迎え入れるかどうかの最後の機会でした」

「ふむ？」

「私たちは、そうですね……あなた方の言葉でいうと『連邦』という集団にあたります。私とこの人工天体のスタッフは、あなた方が母星からこの辺りの距離まで到達できた時点で、私たちの存在を明かし、連邦への参加を提案する予定でいました」

「つまり、僕が例えば別の方向に進んでいたとしても、あなたたちの仲間に迎え入れられたということですか？」

「はい。この程度の距離であれば、それほどの時間を必要とせず移動できますから」

「ということは、僕が皆さんと出会えたのは偶然や幸運ではない？」

「そうですね。ミスター・カイトが恒星を挟んで逆に向かっていた場合も、私がこうやって最初の面談をしたことでしょう」

　少なくとも技術的な部分では、明らかに自分たちよりも彼らのほうが進んでいる。分かっていたつもりだったが、その規模についてはっきりと理解できてはいなかったようだ。

次から次へと疑問が湧いてくるが、あまりこちらばかり質問しすぎるのは失礼かもしれない。

カイトは残りの質問を三つと定め、リティミエレに問う。

「リティミエレさん。あまりこちらから聞いてばかりでも申し訳ないので、ここからは三つだけ質問します。最初の面談があなただったことに理由はあるのですか？」

「はい。私たちの経験則として、こういった最初の出会いの時に、自分と近しい姿をしている方が理解と共感が得られやすいという結果があるからです」

「なるほど」

「私たちの連邦には、知的種族として二千六百ほどが所属しています。前肢先端機能発達型種族はそのうち過半数を占めますから、アースリングの皆さんはあまり疎外感を感じることはないと思います」

前肢先端機能発達型種族。つまりは手のことか。カイトは思わず自分の両手をまじまじと見た。

似た姿の方が共感を得られやすいという経験則には納得だ。もし最初に出会ったのがリティミエレのような姿でなく、古典ＳＦに出てくるようなタコの化け物であったら、これ程落ち着いて会話できただろうか。

他にはどんな姿をした種族がいるのかといった興味はあったが、残りの質問を優先することにする。

「次の質問です。我々を観測していたと仰《おっしゃ》いましたね。その理由は何ですか？」

「いくつか理由がありますが、現時点ではミスター・カイトに開示できないものもあります。ご容赦ください」

「そうですか。後で教えてもらえるのであれば構いません」

リティミエレは特に表情を変えなかった。開示をごねれば困った顔をするのかもしれないが、カイトとしても別に困らせたいわけではない。

そのまま次の質問に移る。これが今のところ最後の質問だ。

「では、今僕が思いつく最後の質問です。地球の現状を見る限り、地球にはあなた方の求める価値がもう存在しないのではないですか？」

「いいえ。私たちは資源と環境の問題から完全に解き放たれています。資源や環境のためにあなた方の星を求めるようなことはありません。ですが、文明の著しい後退はこちらでも確認しています。ミスター・カイトがここに到達しなければ、我々は観測を停止して連邦に戻っていたでしょう」

「僕たちが再び宇宙に飛び立つだけの文明を積み上げるまで、皆さんの興味の対象ではなくなるから、という理解で構いませんか」

「その考えは正解でもあり、不正解でもあります。その理由を説明するには、やはり現時点では難しいと思うのです」

「そうですか」

カイトは特に地球人類を代表しているわけでもないので、その点についても追及はしなかった。情報を急いで引き出す必要も感じていない。

それに、現時点ではとリティミエレは言った。条件を満たせば説明すると言っているわけだ。それならこの疑問にも答えはもたらされることになる。あくまでカイトの好奇心でしかないのだから。

質問を終えたので、この後は向こうの話を聞く番だ。

こちらが聞く姿勢になったと理解したのか、リティミエレが口を開いた。

「ミスター・カイト。あなたは連邦の市民権を希望しますか？」

その問いはあまりにも軽く発せられた。

＊＊＊

「僕が望めば、市民権をもらえるということですか？」

「はい。ミスター・カイトは連邦のエネク・ラギフを得る条件を満たしています」

カイトには理解できない単語が出た。リティミエレの発音が変わったから、翻訳できない単語だったのだろう。

文脈からすると、市民権の一種であるとは思うのだが。

「エネク・ラギフ？」

「そうです。連邦議会の議員選挙の被選挙権と、その生体情報を中央保管室に無期限かつ無制限に同期する権利を与えられます」

生体情報の同期というのは分からないが、議員選挙の被選挙権は分かる。

「それは随分と上等な権利のように感じますが」

「はい。権利としては十四の段階のうち三番目に上位のものです。私たちが観測を開始してから現在までに、ミスター・カイトの母星である地球には連邦に参加できるだけの政治的知性を持った国家体が存在していません。この場合、最初に連邦に能動的に接触したミスター・カイトを地球の代表として扱うことになります」

「なんとまあ」

地球の現状がどうなっているのかが少しだけ気になった。カイトとしても、まさかリティミエレから地球の国家にダメ出しをされるとは思わなかったのだ。

とはいえ、地球の文明か環境が崩壊するような結果を招いてしまったのだから、その批判自体は妥当なのかもしれない。

カイト自身は地球を捨てたようなものだ。異文明に拾われた先で地球の代表として扱われるというのは、皮肉が利いているというか何と言うか。

「ミスター・カイトの思考パターンは現在進行形で観測されています。あなたの知性と理性は連邦市民として迎え入れる条件を十分にクリアしています」

「一応、地球では思想犯罪者として投獄されていた身なのですが」

「そうなのですか？　差し支えなければどういった経緯か教えていただきたいのですが」

「エモーション。僕の裁判記録は保存されているかい？」

「保存されています。リティミエレ氏に提出するのですか？」

「そのつもりだけど？」

「マスター・カイトの権利を制限する結果になるおそれがあります。私としては賛成できません」

珍しく、エモーションが明確に反対の意向を示してきた。主人の不利益に通じるという分析だが、カイトの判断はそうではなかった。

「何よりも今この場で必要なのは誠実さだよ、エモーション。僕は情報の提出によって生じる不利益よりも、それを拒むことで発生するリスクを重要視している」

「……分かりました」

きゅるきゅると音を立てて——おそらくこちらへの声なき抗議なのだろうが——から、エモーションがリティミエレに問いかける。

「データを提出します。どちらにどのように転送すればよろしいでしょうか」

＊＊＊

「何ですかこれは！　冤罪《えんざい》ではありませんか！」

　怒りの感情を発露すると、リティミエレの体毛は逆立つ。そんな知見を得たカイトだが、その知識が今後の人生に役立つ場面はあまり期待できそうにない。

　情報提出は映像での投影という形で行われた。ある程度地球の技術は吸い上げられていたようで、それほど時間がかからずに裁判記録は彼らに共有されたようだった。

「まあ、そんなわけで僕は大気圏外に追放されていたのですよ。そうでなければ皆さんと出会うこともありませんでしたので、それはそれで幸運だったのかもしれませんね」

「ガマハデッグ！　孤独な生活を強いられたことを幸運と言うべきではありません」

　翻訳されない言葉が出てきた。彼らの文化にあるスラングか何かだろうか。

「いやあ、地上で暮らしている頃より快適でしたよ。何しろ誰からもあらゆる意味で利用されない」

「ミスター・カイトの人格に問題がないことが確認できたと思うことにします。……話を戻しましょう」

　リティミエレの体毛が元に戻る。多少落ち着きを取り戻したか。

市民権。向こうが提示してきたのは思った以上に高いレベルの市民権だ。大きな権利には大きな義務が発生する。カイトは少しだけ気が重くなった。

「確認します。連邦の市民権を希望しますか？」

「その前に、連邦市民としての権利と義務を教えてください」

「あ、そうでしたね。まだ完全に冷静ではないようです」

リティミエレが手元の体毛を弄《いじ》る。先ほどからの様子で、同じように感情があることを知ることが出来て何となく安心する。文明がどれほど進んでいても、心のあり方が近いひとがいるというのは。

空中に投影される形で、権利と義務が表示される。地球の言語だ。

「思った以上に権利も義務も少ないですね。勤労の必要もない？」

「はい。先ほども言いましたが、私たちは資源や環境の問題について既に完全に解決していますす。勤労と資産形成は、上位の市民権の取得や制限型娯楽の購入を目的に行うことが多いですね」

制限型娯楽には、惑星での居住などが含まれるという。宇宙空間に人工天体を用意しているのだ、そういったものも娯楽の範疇《はんちゅう》なのだろう。

連邦市民の義務は、『個人の嗜好《しこう》や種族の文化・民族性への理解と尊重』『他者の権利を出来る限り阻害しないこと』が基本理念であるらしい。

文化や民族性として認められるならば、他者への暴力の行使さえも許容されるという。

「ただし、他者の権利を阻害する可能性がある文化の場合は、その文化を尊重するための特区が用意されています。暴力に関して言えば、防衛行動としての行使は特区以外でも認められます」

「例えば特区の外で家族が不当に殺害された場合に、復讐《ふくしゅう》したいと思うひとも出るのではないでしょうか」

「私たちの生体情報は、中央管理室に保管されています。それは記憶も含まれます。不当な暴力の行使や不慮の事故により生命活動が停止した場合、中央管理室から情報を転送されて再生されます。私たちの社会では復讐《ふくしゅう》という概念は発生しにくいと言えるでしょう」

これにはカイトも驚いた。

彼らの命にはバックアップがあるのだ。リティミエレはこちらが驚いたことが何やら嬉《うれ》しいように見える。少しばかり状況をするすると受け入れ過ぎていただろうか。

「生体情報の同期は定期的に行われます。その期間は市民権の段階によって異なりますが、私たちにとっては死も選択的に行使される権利と言えます」

「おおう」

話を聞く限り、市民権のランクが低いと生体情報を同期する機会が少なくなるようだ。

カイトの理解では、ランクが低いほど再生した時に記憶の欠落が発生することになる。上位の市民ほど同期の機会が多いのは、重要な情報を記憶する可能性が高いからなのかもしれない。

「先ほどの疑問に補足しますと、特区の外で不当に暴力を行使した者は犯罪者として登録されます。犯罪者は中央管理室との接続を断たれる、登録された生体情報の消去などの罰が適用されることもあります」

それは連邦市民にとっては怖い罰則だ。

カイトにしてみれば死んでしまえばそこで終わりという意識があるが、命のバックアップがあるのが当然という社会では、再生できないという方が何よりの恐怖だろう。

義務が少ない一方、権利も実に少ない。要約すれば、『他の連邦市民の権利を不当に阻害しない限り、あらゆる行動を行う権利がある』ということだ。

文明が進むと、権利も義務もずいぶんとシンプルになるようで。

「つまり、僕が連邦市民になったとしても、何をするかはおおむね僕の自由意志だということですか」

「その通りです。ミスター・カイトに一般的ではない嗜好《しこう》がある場合は、その嗜好《しこう》を行使できる特区で行っていただくことになりますが」

「そういうのは特にないと思いますが、連邦の常識と僕たちの常識が異なることもありますから、断言は出来ませんね」

カイトの言葉に、リティミエレが体毛を軽く震わせた。愉快、だろうか。

市民権の取得を断る理由はなさそうだ。断ったらどうなるかわざわざ確認するほど子供じみてもいない。

「それでは、改めて。ミスター・カイト、あなたは連邦の市民権を希望しますか？」

「はい。ぜひ」

「ありがとう、連邦はあなたを歓迎します」

確認は実に穏やかに終わった。個人的な感覚だが、彼らとはこれから実に仲良くできそうな気がする。

安堵《あんど》した様子のリティミエレは体毛を軽く震わせながら、朗らかに言った。

「ではまず、その体を改造しますね」

「は？」

＊＊＊

リティミエレの言葉に、カイトは言葉を失う。

改造と言ったか、今。

「改造……？」

「はい。これから調整室にご案内します」

「改造……」

リティミエレは特に不思議なこととは思っていないようだ。

カイトの意思を確認する様子もなく手を挙げると、入ってきた側とは別の壁が開く。

「さ、こちらへ」

「え、あ、はい」

どう返事したものか考えていると、リティミエレはすでに壁の方に歩いていた。

促されるままに後を追う。先ほど歩いたのと同じような、右にわずかにカーブした通路。ふと振り返ると、部屋への道は既に塞がれていた。

エモーションがきゅるきゅると音を立てながら少し後ろをついて来る。改造という単語を警戒しているのは同じらしい。

無言でいるのも不安なので、情報収集をかねてリティミエレに話しかける。

「不思議な通路ですね」

「ええ。この天体内部は用途に応じて構造が変化します。先ほどの面談室もミスター・カイトがこの天体に来た時に作ったのですよ」

「構造が変化？」

つまり、この通路も普段は存在しない空間だということか。

通路をきょろきょろと見回すカイトが愉快なのか、体毛を揺らしながらリティミエレが続ける。

「この天体内部では、居住用の個室と転送室、操作室以外は固定されていません」

「居住用の個室、ですか」

「ミスター・カイトの個室も後で作りますね。後でここに詰めているスタッフたちを紹介します。皆があなたに強い興味を持っているようですよ」

転送室、操作室。調整室というのは挙がっていなかったから、カイトのために作成された部屋なのだろう。

彼らはカイトの体を改造することが必要なことだと考えている。そして、それは悪意から生じるものではないのかもしれない。

リティミエレの話し方からの推察だが、異星人の感情の発露が地球人《アースリング》と同じだとも限らない。

わずかばかり不安は解消したが、それでも緊張感は残っている。

「さ、到着です」

リティミエレの明るい声と同時に、壁がずれた。視線の向こうにあったのは、非常に広い空間。

調整室という言葉のイメージに沿わない。大きな機械の製造工場と言われた方が納得できる広さと高さ。

「よう、初めましてアースリング。俺たちは君を歓迎するぜ」

三メートルはあろうかという、巨大な作業機械。声はそこから聞こえた。

滑らかな動きでこちらに進んでくると、渋い声で片側のアームを上げた。

＊＊＊

作業機械はディルガナーと名乗った。

連邦の市民権を持つ機械知性だという。つまりはエモーションと同じ系統の存在であるらしい。機械知性に市民権というだけで、何やら進んでいる気がするから不思議だ。

エモーションもカイトと同様に、連邦市民として迎え入れてもらえるのかもしれない。

「さて、これが改造カタログだ。こっちが遺伝子操作、これが機械化、こいつはあまり人気のないハイブリッドタイプ。あとこれは……一応規則だから用意してあるやつだ」

ディルガナーが空中にいくつかのカタログを提示する。

なるほど、改造というのは彼らにとって随分と一般的なもののようだ。驚いていると、リテイミエレが口を開く。

「ディルガナー。ミスター・カイトは我々の常識とは違う惑星からやってきたんですよ。最初にカタログを見せてどうしますか」

「あ、そうか。済まない、俺はそそっかしいんだ」

そそっかしい機械知性とは。

あと、リティミエレ氏。そういう気遣いが出来るなら改造の理由や是非の方から気遣ってほしい。

カイトは恐る恐る、リティミエレに聞いてみることにした。

「あの、改造というのは何故《なぜ》するのでしょう」

「え？」

何を言われているか分からない、という様子のリティミエレ。今度はディルガナーがぷしゅうと排気口から湯気を吐き出しながら愉快そうな声を上げた。

「リティミエレ、そっちもちゃんと説明していないいんじゃないか」

「え？　え？」

「俺たちの常識が通じないんだろ？　体を改造する理由を教えてやらないとミスターだって不安だろう。事実、俺のセンサーでは筋肉と神経に緊張が計測されているぞ」

リティミエレがこちらを見た。体毛が一斉にピンク色に変わる。

「こ、これは失礼しました！」

羞恥か、焦《あせ》りか。表情や口調以上にリティミエレの体毛は雄弁だ。

きっと今後の生活には役に立たないだろう知見を追加しながら、カイトは彼らの説明を待つことにするのだった。

＊＊＊

「はあ、なるほど。納得しました」

リティミエレとディルガナーの説明は、十分に納得できる内容だった。

そして、言われてみれば当たり前だと思う。

「さっきから言われていたのに気付きませんでした。確かに改造しないと生きていけない」

別の星で生まれた種族は、当たり前だが必要な空気組成が異なる場合がある。呼吸が不要な種族もいるのだろうが、カイトは呼吸が必要で、いま彼らは地球人《アースリング》が生きていけるような空気組成を用意してくれている。空気だけではなく、気温も。全ての居住地で自分のためだけに空気組成を変えてくれるわけがない。カイトは連邦市民として生きる以上、適切な肉体改造を受けなければならないのだ。

それに、とディルガナーは続ける。

「今でこそ転送装置の発達で長距離の移動も短時間になったが、それまでは移動時間は大きな問題だったんだ。生体の自然寿命だけでは、一回の移動で一生を使い切ってしまう種族もいる。当時は生体情報の登録と体の改造によって、寿命の幅を広げることで俺たちは解決を図ったわけだな」

「はあ、なるほど」

一人や二人が寿命を延ばすのではなく、全員の寿命が延びれば移動時間がどれほど永くても問題は少なくなるということか。

とはいえ、それも遠い昔のこと。転送装置の発達で移動に時間はかからなくなったが、全員の寿命をなくす改造は今も続いているという。

「特に寿命を短くする理由もありませんでしたから」

確かにそれはそうだ。

ひとまず彼らの善意を受け入れることにして、カタログをそれぞれ見る。地球の文字を使ってくれる辺り、本当にありがたい。

カイトの知識で分かるものもあれば、まったく理解の及ばないものもある。

「オススメは全身の完全機械化だな。極限環境下での生存確率も段違いで高いし、接続できる武装も豊富、何よりカッコイイ！」

「ふむ……」

ディルガナーの説明は男子として実にそそられるものだ。が、それをリティミエレが鼻で笑う（そういう表現をしていいのか分からないが）。

「機械知性というのは、どうしてこうも機械化を推しますかね。気をつけてくださいね、ミスター・カイト。完全機械化は連邦市民にも人気がありません。人気が高いのは遺伝子操作と超微細マシンの移植です。どちらもメンテナンスの頻度が少なくて済むのが良《い》いですね」

「生身出身の存在というのは、どうしてこうも中途半端《ちゅうとはんぱ》な改造で済ませようとするかね。実に合理的ではない。定期的なメンテナンスの必然がある以上、丈夫で汎用性が高い方が良《い》いのは自明の理だというのに」

「当たり前です。改造後に精神の均衡を崩し、中央ステーションでの人格メンテナンスまで必要になるのは機械化だけじゃありませんか。リスクの完全排除が出来ていない以上、非合理なのはそちらですよ」

「何を言う。中央ステーションに生体情報が完全保存される以上、リスクは排除されたと見なされているのは過去の判例からも明らかだ。それを言うならば超微細マシンは拒絶反応のリスクが――」

何やら言い合いを始めた二人の横で、カイトはじっくりと一つひとつのカタログを読んでいく。注意事項は出来るだけ読んでおく性格なのだ。

個人的には、メンテナンスが多いのはあまりそそられない。ワガママだと分かってはいるが、出来るだけ誰かの世話にはなりたくないという思いがある。ここに来るまでの時間は、極めて自由なものだった。

カイト自身の心に灯《とも》ったほんの小さな夢。あるいは、連邦市民として生きることで追い求めることが出来るのかもしれない。

「おや？」

ふと、カタログのひとつが目に留まる。ディルガナーがあまり気乗りしない様子で提示してきたものだ。

じっくりと読み進めて、何度か頷《うなず》く。

この改造プランは実に好みのものだった。

「すみません。このカタログは何か良くない理由とかあるんでしょうか」

言い合いを続けていた二人に聞くと、二人はこちらに視線を向け（ディルガナーはカメラアイを向け）てきて、リティミエレは実に名状しがたい表情を浮かべ、ディルガナーは分かりやすいほどに分かりやすいアームの動きを見せた。

どうやら、彼らにとってこのカタログは明らかにハズレであるらしい。

「善意から言っておくが……やめておいた方がいいと思うぞ、ミスター」

「ええ、こればかりはディルガナーに同意です」

だからせめて、理由をちゃんと説明してくれというのだ。

＊＊＊

カイト・クラウチの趣味は地球の西暦年代――すなわち古典芸術の鑑賞である。一口に古典と言っても範囲は広い。彼の好みはインターネットの普及した西暦2000年前後の芸術作品であり、分野を問わず映像作品や文学、コミックといった作品群を（特に宇宙で過ごしていた期間）時間の許すままに楽しんでいたのだ。

エモーションに言わせると、もっと新しい年代の文芸作品や芸術作品にも興味を持つべきとのことだが。西暦年間の作風が自分に合うのだ、仕方ない。

そして、そんな懐古主義のカイトにしてみると、この改造プランは実にそそる。これ以外はないというくらいに。

「な、何か駄目そうですね」

「いや、駄目とは言わないが……」

「ええ。駄目とは言いにくいのですが」

ディルガナーもリティミエレも実に分かりやすく言いよどんだ。

オススメではない。しかし、それを口に出しては言いにくいというような。

理由があるのであれば教えて欲しいが、どちらも言いたくなさそうだ。が、カイトの期待を察したのか、リティミエレがようやく重い口を開いてくれた。

「その……技術体系は完全に完成しています。改造自体も短時間で済みますし、負担も少ないでしょう、が」

「いくつか問題があってな」

「問題？」

「ああ。この技術……というか能力は、連邦成立以前から存在が確認されていた。連邦の設立に多大な役割を果たしてくれた種族が得意としていて、今も彼らは連邦で高い立場にある」

「あぁ、僕では資格がないとかそういう？」

なるほど、言いづらい理由にも納得だ。文化の尊重か、あるいは由緒《ゆいしょ》のない未開の蛮族では嫌がられるか。どちらもありそうな理由ではある。

だが、ディルガナーがいやと言いながら頭部らしい部分を左右に揺らした。どうやら彼らの文化でも否定を示すのは横への首振りであるらしい。

「そうじゃない。むしろ、彼らはこの能力を広めたくて仕方ないらしい。改造の際にカタログを必ず入れろと圧力がかかっているくらいだ」

「おや。それならいいのでは」

「安定しないのですよ」

リティミエレが辺りを見回しながら、心なしか小声で続ける。

何やら誰かを気にしているように見えるが、隣にいるディルガナーも似たような様子だ。ほかに誰かがいる様子もないのだが、一体何を気にしているのだろう。

「この能力は、本人の精神状態に大きな影響を受けます。それと、ほかの種族では能力の規模が明らかに小さくなるのが確認されているんです」

「大元の種族……テラポラパネシオの方々は、他に関してはこだわりがないんだが、この改造のカタログを入れ続けることだけは譲らなくてなぁ」

テラポラパネシオ。言い方から察するに種族の名前だろうか。表情の存在しないディルガナーだが、口調から嘆いているらしいのは分かる。

ともあれ、ふたりがこれだけ態度に示しているのだ。どうやら自分が選んだ改造プランは止めておいた方が良《い》い選択肢なのだろう。

そそられるのだが。実にそそられるのだが。

では別のプランにと言おうとした、ちょうどその時。

『そんなに毛嫌いすることはないと思うのだが』

声が聞こえた。初めて聞く声だ。どこから聞こえてきたのかも分からない。スピーカーらしきものもないし、どことなく合成音のような響きだ。機械そのものであるディルガナーの発声に違和感がないだけに、奇妙にその異様さが際立《きわだ》つ。

視線の端でリティミエレが体毛を逆立てているのが見えた。どうやら怒った時だけでなく、びっくりした時にも逆立つものらしい。体毛の立ち方がちょっぴり違うような気がしないでもない。

そんな意味のないことを考えていると、声の主がカイトに声をかけてきた。

『ミスター・カイト。我々は君のその選択を歓迎する』

「ええと？」

『我々はテラポラパネシオ。君に語りかけているこの個体は人工天体ゾドギアの責任者を務めている。姿を見せずに挨拶する無礼を許して欲しい』

「あ、いえ」

テラポラパネシオという種族は、どうやらこの人工天体にも居住しているらしい。しかも、責任者ということはディルガナーやリティミエレの上司にあたるということだろう。ふたりが言いにくそうなのも理解できる。

『我々は君たちのように声帯と言語でのコミュニケーションを取らない。そのため、君の周囲の空気を振動させて意思を伝えている』

合成音のような、という印象は間違っていなかった。それにしても、離れた場所の空気を振動させて音を作り出すとは、すごいことをする。

カイトが内心で感動している間に、周囲にあったカタログの殆《ほとん》どが姿を消した。

どうやらテラポラパネシオの仕業らしい。ディルガナーが頭部から蒸気を噴き出した。

「ちょっと、代表！　まだ最終確認は取ってないんですよ⁉　のぞき見は良くないと思いますが！」

『それでは最終確認といこう。君の希望する改造プランはこちらで構わないかね？』

「ええ、是非」

『なら決まりだ』

「ええっ⁉」

不満そうなディルガナーとリティミエレ。ふたりの様子から見るとこの改造プランは相当に地雷っぽいのだが、古典ＳＦが大好物なカイトにはこれ以外の選択肢はないと言っても良い。

若干の申し訳なさを感じていると、代表は鷹揚《おうよう》な様子で続けた。

『心配せずとも、気に入らなければ再改造をすれば良いだろう。最初に生体情報を保存するのだから、問題はないのではないかな』

「初回はともかく、二回目以降は有料でしょう！　ミスター・カイトは連邦の資産を所有していないんですよ⁉」

『む』

リティミエレの抗弁は、少しばかり刺さる発言だったようだ。同時にそれはカイトにも刺さる。

考えてみればカイトは一文無しなのだ。所持品と言えそうなものはグッバイアース号くらいだが、あの程度のものは彼らにとってはガラクタ同然だろう。

ふたりの言葉が善意から来ているのは分かっている。自分のワガママで彼らに余計な負担をかけるのも良くないと、翻意を口にしようとしたところで。

『うむ。それではミスター・カイトがこの改造を気に入らなかった場合、我々が彼の再改造費用を負担することにしよう。それで問題はないだろう？』

「勝手にそんなことを決めて良いのですか⁉」

『心配せずとも、他の個体群の許可は下りた。……いま、議会に参加している個体が議長からの承認を取った。問題はないね』

「ああもう、行動が早い！」

リティミエレが悲鳴じみた声を上げる。どうやら代表は課題を強引に解決に導いてしまったようだ。たかが改造プランひとつでここまでする理由というのがカイトには分からないのだが、翻意したと口にするのはもう無理だなと諦める。

代表たちテラポラパネシオの方々がこちらの選んだ改造プランに並々ならぬ執着を持っている。ディルガナーの言葉を噛《か》み締《し》めつつ、カイトは何やら弱々しく耳辺りの排気口から蒸気を漏らしている彼の下に歩み寄った。

「では、ディルガナーさん。よろしく」

「ああ、うん。こっちだ」

大いなる諦めを背負いながらブースへと進むディルガナー。その背を追いつつ、何だか迷惑をかけていると申し訳ない気分になる。

「マスター・カイト。何だか随分とあちらの反応が気になるのですが……？」

「まあ、大丈夫じゃない？　再改造の負担もしてくれるって言うなら、甘えちゃおうよ」

「……なんか不安なんですよね」

エモーションにしては、珍しく曖昧な言い回しである。本当に心配だったようで、彼女はカイトが改造のための機材に入っても、その近くでじっと浮いているのだった。

＊＊＊

改造自体は本当にものの数分で終わった。技術体系として完成しているという説明は嘘《うそ》ではなかったようだ。自分の体にも特に違和感はない。頭の片隅には実験動物扱いされるのではないかという危惧がわずかにあったのだが、どうやら彼らは本当に好意的な存在であるようだ。

「さて、調整は完了だ。取《と》り敢《あ》えず最低限の処置として、遺伝子操作及び超微細マシンの移植を行っている。これで少なくとも連邦の居住地であれば問題なく行動できることは保証する」

「ありがとう。エモーション、何か変わったところはあるかい？」

「はい、マスター・カイト。眼球に幾何学的な模様が浮かんでいます。これは改造の影響ですか？」

「ああ。種族によって場所は違うけどな。ええと、話を進めるぞ。メイン改造についてだが――」

ディルガナーがぷしゅうと耳辺りの排気口から蒸気を吐き出した。どうやら人間でいう溜息《ためいき》のようなものらしい。

一瞬言《い》い淀《よど》んだディルガナーだったが、すぐにカイトの前に説明書を提示する。

そこに書かれていた最初の文字。

「『外部空間への意思の発出による物理干渉』。ミスターの星では、これに特別な名前でもあるのか？」

「うん。超能力、って呼ばれているね」

あえて古式ゆかしい表現で、カイトは言った。

あわよくば、この呼び方が連邦に定着するといいな、などと思いながら。

ぷしゅう、と音を立てて壁の一部が開いた。

リティミエレがそちらを向いて、体毛の色を変える。

「ミスター・カイトがその『超能力』を選んだのがよほど嬉《うれ》しいらしいですね。代表が早くミスターを連れてこいと催促しています」

「あらま」

呆《あき》れているのか、予定を変えられて怒っているのか。リティミエレの感情と体毛の変化を把握しきれていないカイトには、その内心は分からない。

ともあれ、代表に挨拶するのは間違いないから、早いか遅いかの差でしかない。歩き出したリティミエレの後を追う。

「いつでも再調整するから、遠慮なく言ってくれよミスター！」

「ありがとう、ディルガナーさん」

ディルガナーの心配の声を背に受けながら。

＊＊＊

何となく、体が軽くなっているような気がする。

改造の結果が体に馴染《なじ》んできたのかと思っていると、前を歩くリティミエレの体毛がふわりと浮いた。同時に隣のエモーションが警告音を発する。

「マスター・カイト。少しずつですが重力が低下し続けています。頭を打たないように気をつけてください」

「おっと、改造の成果が出たのかとばかり」

「すみません。代表は低重力下での生活に適応していた種族ですので、居室の重力は低く固定されているんです」

「そうでしたか」

リティミエレの歩調は変わらないが、説明の途中でリティミエレの体が浮いた。

「リティミエレさんももしかして？」

「ええ。地球基準の重力は私には少しですが重く感じます。連邦の居住スペースは、地球より体にかかる重力は軽いので」

どうやら、カイトの応対をしたことでリティミエレの歩調も普段より少し力が入っていたらしい。

体にかかる重さが軽くなってきたのが如実《にょじつ》に分かるようになってきた。浮かんでしまわないように、すり足のような歩き方に変える。

と、背後でゴン、と何かにぶつかる音。

振り返ると、少し後ろを浮いていたエモーションがいなくなっている。

驚いて見回すと、頭上からエモーションの声。

「マスター・カイト。重力制御の技術はやはり彼らの方が進んでいるようです」

「……そうだね。降りてこれる？」

重力下用ユニットの出力を抑えたようで、ゆっくりとエモーションがカイトの頭の位置まで降りてくる。

重力の変化を観察していた割に、自分のユニットの出力までは対応が追い付いていなかったのだろうか。

天井にぶつかった程度で破損するような強度ではないから、優先順位が低かっただけかもしれない。

内部から聞こえてくるきゅるきゅるという音は、あるいはエモーションが恥ずかしがっている音なのかもしれなかった。

「特に破損はありません、マスター・カイト。ご安心ください」

「そりゃ良かった。お互い気をつけないとね」

少し踏み出すだけで、体が浮きあがってしまいそうな身の軽さ。

エモーションとの会話に、リティミエレが体毛をカラフルな色に変えた。

「ええ。本当は少しずつ居住重力の軽いスタッフを紹介していく予定だったのですが。代表の気まぐれにも困ったものです」

原因が自分にあることを自覚しているカイトは、その言葉に返答できない。

ともあれ、すでに何をしても体が浮き上がってしまいそうな状態だ。目的地は近いとみえる。

ゆったりとしたカーブの先に、行き止まりが見えた。

「到着です。……ええと、先に伝えておきたいのですが」

「はい」

「おそらく、代表の姿はミスター・カイトには違和感のあるものと思います」

「なるほど？」

「もしも不気味だと思っても、どうかあまり拒絶の意思を示さないでいただけると嬉《うれ》しいです」

「もちろんです」

最初にカイトの対応をしたのがリティミエレだった。地球人《アースリング》があまり反発を受けない相手として選ばれたのだとすれば、他の居住者がこちらの常識と違う姿をしていても不思議ではない。

既に覚悟は出来ている。頷《うなず》いてみせると、壁が開いた。

その向こうにいた存在を見た瞬間。

「……くらげ？」

地球の海中で暮らしている、生物の名前がカイトの口からするりと漏れた。

＊＊＊

宇宙くらげ。

そんな表現が、カイトの頭の中を駆け巡る。

代表ことテラポラパネシオは、地球でいうクラゲに酷似した生物だった。触腕の先まで換算すれば、カイトと同じくらいの体長だ。百八十センチ前後。なんというか、でかい。

『改めて挨拶をしたい。初めまして、ミスター・カイト。我々はこの出会いを評価する』

「あ、はい」

なるほど、声帯がないというのも納得だ。

むしろ、クラゲが知的生命体として宇宙に暮らしていることが驚きではある。

『で、くらげと呟《つぶや》いていたのは何故《なぜ》かな？　もしかして地球には我々に近い生物が暮らしているのかね？　そうであるなら素晴らしいことだが』

「え、ええ。エモーション？　クラゲの画像データとか、あるかい」

『保存されている画像を投影します』

きゅるるるる、ととても甲高い音を立てながら、エモーションが空中に画像を投影する。

それを見たリティミエレが、全身の体毛を色とりどりに発色させる。

映されていたのは、まさにテラポラパネシオにそっくりな生物。クラゲである。

「これは……！」

『たしかによく似ている。彼らは地球のどこで暮らしているのだね？』

テラポラパネシオに眼《め》のような部位があるようには見えない。どうやって見ているのか気になるところだが、取《と》り敢《あ》えずそれについての論評は避ける。

「海の中で生活しています。詳しい生態については僕は存じ上げないのですが……」

『海中か！　確かに地球の重力下ではよほど強い力を使い続けなくては空気中で生存は出来ない。海中か……盲点だった』

詠嘆する代表。

こちらを観察していたと聞いたが、海中は確認していなかったのだろうか。

『我々は地球の観察はしているが、それはあくまで知的生命の総体的な活動を観察する程度に留《とど》めている。あまり深く個体について注視すると、その……何だ。そう、情が移るという現象が発生しかねないからね』

「そうですか」

カイトが思い浮かべた疑問に対しての答え。口にも顔にも出していないつもりだったが、こちらの思考を読み取ることが出来ると言われても不思議ではない。

つまり、地球の営みはそれなりに観察していたが、いちいち人間以外の動植物にまで観察の目を向けてはいなかったということだろうか。

『おおむねその理解で構わない。あと、思考を読み取れるのは我々だけで、他のスタッフには不可能だ。気を悪くしないでくれたまえ』

「つまり警戒するならばテラポラパネシオの方たちだけで十分だと」

『そうなるね。無論、本来はこのようなことはあまりしないのだが』

代表の一人称が『我々』であるのも、クラゲであるなら理解も出来る。個体に見えるが、その実は無数の個の集合体であるのだろう。地球のクラゲとは似ているようで違う部分も多いとは思うが。

少なくとも、地球のクラゲは空気を震わせて人間とコミュニケーションなど取らない。

『やはり聡《さと》いね、ミスター・カイト。その通り、我々は無数の私の集合体。我々はひとつの生命であり、それぞれが端末のようなものだと考えてくれたまえよ』

「そうでしたか。確かに地球のクラゲも一部がそうだったように覚えています」

『やはり似ている。我々は彼らが幸福であることを信じてやまない。いつか機会があれば交感してみたいものだ』

「幸福、ですか。彼らにそれを感じる程の知性が存在するかどうか」

『知性を発達させねば生き延びられない。そういう命は、本質的に幸福であると思うかね？我々には、ただ生きるに十分なだけの知性で満足して生活できている彼らの方が、本当に幸福なように思えるのだよ』

宇宙クラゲの幸福論を聞いている。共感できるような、できないような。

カイトはふと自分がいま、グッバイアース号の中で幻覚を見ているのではないかと不安になった。もしかすると臨死体験というやつではなかろうかと。こういう思考の時に限って代表はインターセプトしてこないし。

隣にいるリティミエレは体毛を明滅させている。こちらの思考が読み取られる前提で行われている会話について来られていないようだ。口の中を軽く噛《か》んでみたが、残念なのかありがたいのか、幻覚の類ではないようだ。痛い。

ともあれテラポラパネシオという種族についての理解は深まったが、今のところはクラゲの話だけだ。本題は何なのだろうか。

『ふむ、せっかちなのだなミスター・カイト。未知の知性との会話によって新しい知識を得るのは、とても素晴らしい体験であると思うのだが』

「それには同意見ですが、リティミエレさんの予定を覆《くつがえ》してまで急ぐ理由があったようには思えないので」

『もちろん、それだけではないよ。では、本題に行くとしよう』

代表は触腕のひとつをぷらりと動かしてカイトの近くまで伸ばしてきた。

エモーションがカイトに聞こえる程度の小さな声で「毒はありません」と伝えてくるのが何とも味わい深い。人差し指で触れた方が良かっただろうか。

『我々が地球を観察していたのには理由がある。その説明を優先した方が良《い》いと判断した』

「なるほど？」

『だが、この理由は少々政治的な側面を持つ。ミスター・カイトを正式に連邦の一員として受け入れなくては、説明する権限が付与されないのだ。理解してもらえるだろうか』

「分かります」

お役所仕事とやらが面倒な手順を必要とするのは、どうやら地球でも宇宙でもそう変わらないことであるらしい。

そして、地球が監視されていた理由。これを隠されたままでは、カイトとここのスタッフとの関係に良《い》い影響が出ないと判断された。これも分かる。リティミエレとのさっきの会話でもそうだったが、何か隠している事があると、話はどうも盛り上がりに欠けてしまうものだ。

カイトが頷《うなず》くと、代表は触腕で右手を掴《つか》んでくるりと一周させた。握手のつもりだろうか。

『助かるよ、ミスター・カイト。それではこれより、我々は君を連邦本部へと招待する。当たり前だがアースリングとしては初めてのことだ、楽しんでくれたまえ』

「あ、代表!?」

リティミエレが慌てたような声を上げる。

同時に、体にこれまでとは比べ物にならないほどの浮遊感。

自分を中心に、虹色の光が集結してくる。カイトは思わずエモーションの重力下ユニットをむんずと掴《つか》んだ。

「マスター・カイト！　奇妙な力場を検知、分析不能！」

『さあ、ここからは完全に安全な宇宙の旅を保障しよう！』

代表の声を最後に、景色が変わる。人工天体の外、宇宙空間をとてつもない速度で飛翔《ひしょう》している景色。

いつの間に。そもそも壁や天井をどうやってすり抜けたのか。疑問と焦燥がいくつも頭を通り過ぎていく。

確かなのは、掴んでいるエモーション（の重力下用ユニット）の感触だけ。

とはいえ、体に悪影響がなければ気持ちは落ち着いてくるものだ。

体にかかる圧はそれほどでもない。何というか、古典ムービーで見たような移動。人類の想像力は、宇宙のそれと同じクオリティにまで達していたのかと感動が胸に満ち——

『ミスター・カイト。君の好きな移動シチュエーションを再現してみた。もうすぐ到着するから、それまで身を任せているといい』

一瞬で霧散した。色々と台無しである。

Traveling through the galaxy together.

Former prisoner and guard of a space prison leave a ruined earth and head for the stars

第三話
第〇種接近遭遇

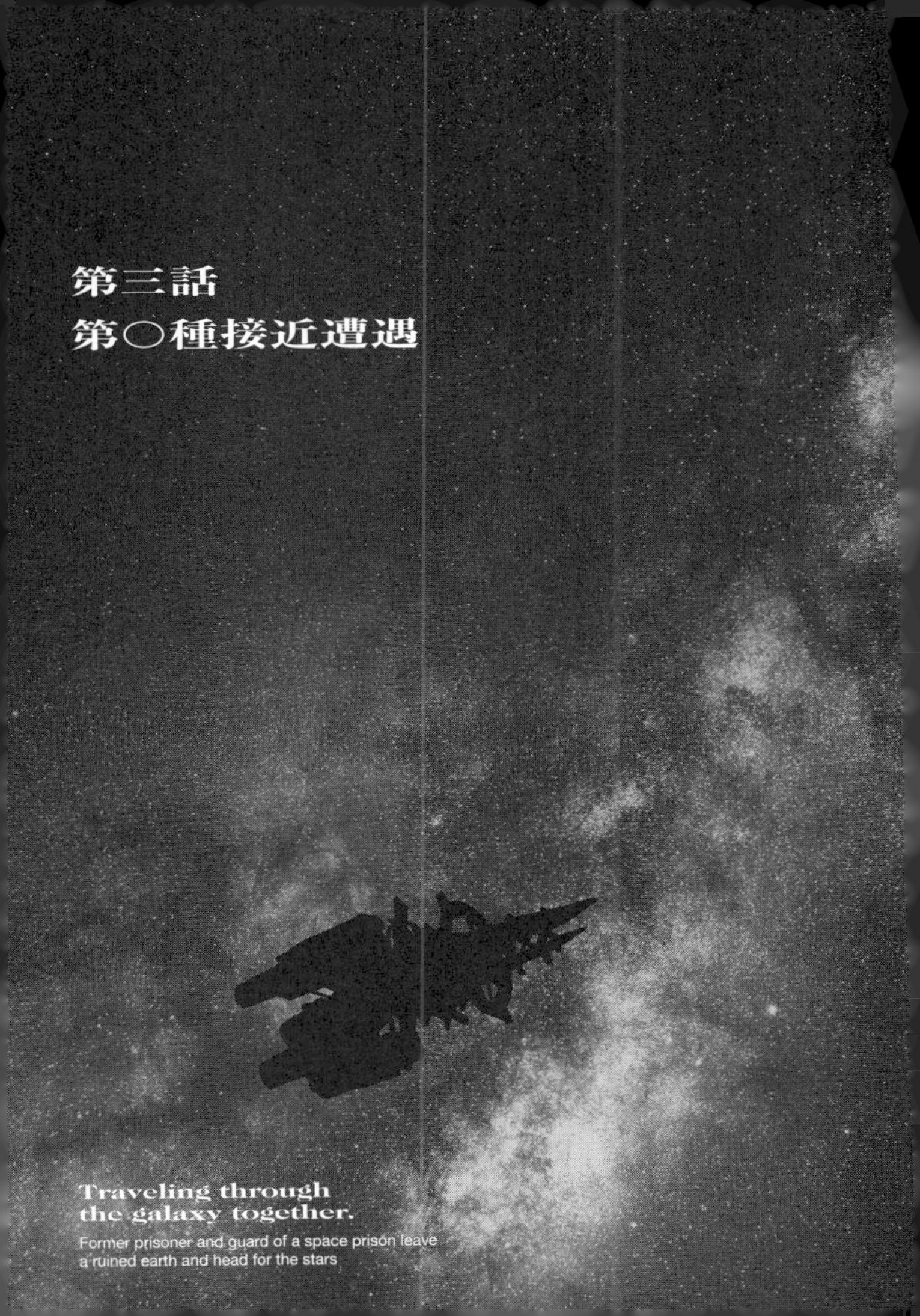

Traveling through the galaxy together.

Former prisoner and guard of a space prison leave a ruined earth and head for the stars

何分、何時間、あるいは何秒。時間の感覚が喪失している。

視界が徐々に鮮明になり、自分の体が何かに近づいているのが知覚できた。

星と星が、橋のようなもので繋《つな》がれている。立体的に繋《つな》がっている星の数はそれなりに多く、カイトには数えている余裕はない。

何しろ、そのひとつに激突しそうな勢いなのだ。

「おおっとぉぉぉぉおおお⁉」

「マスター・カイト、落ち着いてください！　このままでは我々は致死的な速度で激突してしまいます！　どうにかスピードを落としてくださらないと！」

「スピードを落とせと言われてもさあ！」

自分でやっているわけではないのだから、減速のしようもない。いや、減速しているのは分かるのだから、間に合う気がしないというのが正解か。

体にかかる力が唐突に消える。

次にやってきたのは、ぐん、と引っ張られるような力。目の前の星が持っている重力なのだろうなと考えた時には既に遅く、一直線に地面へと引っ張られていく。

「死んだっ⁉」

激突の瞬間、カイトは自分が摩擦で燃え尽きるより、激突で潰れたトマトのようになる姿を幻視した。

が。触れた地面は自分にいかなる衝撃を与えることもなく、まるで吸い付くようにぴたりとカイトとエモーションを迎え入れてくれたのだった。

「⁉⁉」

ものすごく目がチカチカして、カイトはしばらく起き上がることが出来ないでいた。目まぐるしく動く宇宙の様子を見たためだと思うが、それでも目が灼《や》けていないのは、つまり人体改造の成果なのだろうか。

視界が正常に戻ってきたので体を起こし、周囲を見る。青色を基調とした地面に、地平線。建物らしい建物はない。空を見上げると、薄い緑色の空。自然の空というよりは、人工的な膜のようにも見える。太陽のような恒星も見えない。あるいは膜が薄く光を放っているような。

そもそも、膜を抜けたような感覚はなかったように思う。

そもそもここは星なのか。観測用に人工天体を作るような文明だ、これも同じような作り物なのかもしれない。

恐る恐る立ち上がる。体が浮くこともなく、しっかりと足が地面を踏みしめた。

落下した位置の関係か、橋で繋《つな》がった他の天体は見えない。ことごとくこれまでの常識が打ち壊されるのを感じながら、カイトは腰に手を当てた。

「マスター・カイト。一体ここは」

「彼らの拠点のひとつなのだろうね。おそらくここはエアポートのようなものじゃないかな」

よく見てみると、遠くで何かが上下動しているのが見える。周辺に下りてくる様子がないのは、カイトたちが突入したのを見ていたからか、あるいは別の理由か。

答えがどうであれ、することは変わらない。

呼吸が出来ること、体が思い通りに動くことを確認していると、エモーションが横から声をかけてくる。

「マスター・カイト？　この後の行動予定は」

「迎えを待つのさ。段取りを考えれば、ここに放置ってことはないだろうから。それに……」

「それに？」

「正直なところ、肉体の改造の成果ってやつがいまいち実感できてないんだよね。早めに自分の状態は知っておきたい」

ふらふら興味のままに歩き出しても文句は言われないだろうが、見渡す限りにおいてカイトが興味を持てそうなものはない。

むしろ、今のカイトが興味を持っているのは体の外ではなくて体の中だ。

代表がここまでふたりを送り込んだ力こそが、つまりはテラポラパネシオの超能力であるのだろう。

生身で宇宙空間を、どのくらいだか知らないが飛ばされて無事だというのは、果たして改造と代表のトンデモパワーとどちらの効果なのか。特に何かが変わったという実感もないカイトにとって、自分の体の現状を把握するというのは、極めて優先順位の高い問題だと言えた。と、その言葉を受けたエモーションが、赤いランプを灯《とも》らせながら聞いてくる。そんな機能があったのか。

「マスター・カイト」

「なんだい？」

「お体に不調は」

「ないよ。……ここの大気は人類の生存が本来できる組成じゃないのかい？」

「はい。いくつか未知の元素が確認されましたが、酸素の含有量は地球人類の生存できる量ではありません」

「そりゃあいいニュースだ」

カイトの様子が変わらないのを確認してか、赤いランプが消える。

どうやら改造された肉体は、順調に働いてくれているらしい。

代表を始めとして、連邦の人々を頭から信用することは出来ていない。それなのに何故《なぜ》状況に流されているかと言えば、どちらかと言えば開き直りに近い。

どうせここに受け入れられなければ死んでいた身だから、という奇妙な捨て鉢さが、今のカイトから自重やら慎重さやらを遠ざけている。

次は超能力の使い方だなと考えていると、エモーションが再び警告じみた声を上げる。

「マスター・カイト。前方から、何かがこちらに向かってきます」

「お迎えだろうね。さて、今度はどんな姿か」

「だから古典ムービーの……いや、いいです」

宇宙クラゲを見てしまった以上、古典ムービーの見過ぎとも言い切れなくなってしまったようだ。エモーションもだいぶ染まってきている。

＊＊＊

迎えに来たのは、ティークと名乗る機械知性だった。車輪を持った機械なのだが、車輪は大型の一つが中央にあるだけで、地球にあった車とは似ているようで似ていない。機械知性は仕事用にいくつかのボディを所有するのが一般的だそうで、これが本体というわけではないという。

ティークはディルガナーと比べて礼儀正しく、そしてユーモアに富んでいた。先ほどカイトたちが降り立ったのはやはり空港のような場所だったようで、理論上は重力圏から生身で落下しても傷ひとつないように出来ているらしいが、試した人物はここ一千周期で五人目だそうだ。

自分以前の四人も気になるが、そもそもカイトも来たくて生身でやって来たわけではない。

「ゾドギアの代表さんから直接ここに送り込まれただけで、僕が意図して落下してきたわけではないんですが」

「あ、それは失礼しました。テラポラパネシオの方々は効率性を優先する傾向があるので、行動が相手にもたらす心理的影響を考えないことが少々……」

少々という言葉の意味が、カイトとティークの間で食い違っているような気がしないでもない。

ふたりの様子に気付いたのか、ティークが少しばかり震えた声で聞いてくる。要らないところで芸が細かいというか。

「ミスター・カイト。もしかして私の翻訳ソフトは正常に稼働《かどう》していませんか？」

「いえ、問題ないですよティークさん。それで、僕たちはこれからどこへ向かうのでしょう」

「連邦議会のある、第一球体です。ミスター・カイトの来訪は我々にとっても一つの事件ですので、連邦議会の議員の方々が面談を望んでいるのです」

「事件？」

「はい。内容については議会で聞いていただけると助かります。私は内容を説明する権限を付与されておりません」

「分かりました」

何やら不穏な感じだ。監視されていた地球、説明されない事情。地球にいた時もそうだったが、大体こういう時はあまり良くない話がやってくる。

「ま、なるようになる……かな」

果たして天運、ありやなしや。

カイトはふと、ここに来たら誰にどう祈れば良いのか、などと益体もないことを思い浮かべた。

＊＊＊

『先ほどはゾドギアの我々が失礼したね、ミスター・カイト』

「あっ、はい」

ほぼ無重力の個室にて、カイトはテラポラパネシオと対面していた。ゾドギアにいた『代表』の個体より遥《はる》かに大きい。つまりここに浮遊しているかれは、テラポラパネシオという種族の中枢なのだろうと当たりをつける。

『我々はほぼリアルタイムで、すべての個体の情報を交換している。いま君と会っている我々は、連邦議会の議員という役割を背負っている個体に過ぎないと思ってほしい。見下ろすような形になってしまって済まない』

意外なことに、『議員』の個体も中枢ではないという。中枢はまた別の場所にいるのか、あるいは彼らは全てが本体で全てが端末なのかもしれない。

手すりに摑《つか》まりながら、『議員』を見上げる。すると、その周囲にスクリーンのようなものが次々と現れた。相手の顔が見えるスクリーンと見えないスクリーンがあるが、カイトはこれまでの様子から、向こうの気遣いなのだろうと判断する。

『さて、それではこれよりカイト・クラウチ三位市民《エネク・ラギフ》との面談を開始する。なお、連邦議会は先程カイト・クラウチに三位市民《エネク・ラギフ》としての市民権を付与することを決定しており、能動的な違法行為以外でこの権利が剝奪されることのないことを宣言する』

「異議なし」

スクリーンからは次々に異議なしという言葉が聞こえてくる。誰かが異議ありと言うのではないかと気にしていたが、最後の一人まで異議が出なかった。と言うことは連邦の最高機関である議会から面談を希望された事情と、カイトの市民権とは関係がないということになる。

そうなると、本当にこちらには心当たりがない。地球で今も苦労しながら生きているであろう同胞を見捨てて来たかたちになっていることとか、片道切符で死に場所を求めて木星軌道まで向かったこととか、そういったところに不満があって市民権のランクダウンでも議題に上がるのだろうかと考えていたからだ。

首を傾《かし》げていると、『議員』の体がふらふらと揺れた。

『カイト三位市民《エネク・ラギフ》。我々が君と面談をしたかったのは、君個人に問題があったというわけではない』

「僕個人の問題ではない？　ということは……地球か、僕たち地球人《アースリング》に問題があるということでしょうか」

『総体としての地球人《アースリング》に直接問題があるわけではない。そして、君の生体改造時に取得したデータから、連邦が君たちを観察したことは正しかったことが証明された。君たちにとってはその程度のことなのだが』

だが、と『議員』はさらにふらふらと揺れる。

スクリーンに顔が見えている議員たちも、何となく不機嫌そうな表情を見せているから、あまり触れたくない話なのだと察する。

『さて、これから話すのは連邦の歴史とその罪、そして恥をさらすことでもある』

「罪と、恥？」

『そうだ。そして連邦は君たちにそれを説明する責務があるのだ』

『議員』はゆっくりと話し始めた。

＊＊＊

連邦の発祥は、惑星としての地球の誕生より古い。

恒星の死という避け得ない破滅から逃れるために、自分たちの惑星を捨てた者たちの寄り合い所。最初はそういう体裁で始まったのだという。

恒星からの影響のない場所に人工天体を作り、宛がわれた人工天体をそれぞれの住みやすい環境に整える。

地球でいう億年単位の時間をかけて、彼らは文明を発達させてきた。それでも資源や環境の問題から彼らが完全に解き放たれたのは、地球の基準で言えば今から何千万年か前の話であったそうだ。

そこからごく最近――それでも十万だか二十万年前というから、彼らの時間と自分たちの時間感覚に大きな隔たりを感じる――まで、どうやら連邦市民は相当無茶をやっていたと『議員役の宇宙クラゲ』は語る。

『それまで、多少なりとも節制してきた反動だったのだろうな。随分と倫理に反する行いもあった。今回君を呼び出した理由は、文明への干渉や惑星への入植に関する我々の罪と恥について説明をしなければならなかったからだ』

そういえば地球の神話にもいくつか『空の果てからやってきた神』の話があったな、などと思い出す。エモーションに聞けばいくつか見繕ってくれるだろうが、連邦が罪や恥と言っているものをここで確認するわけにもいかない。

『文明への干渉とは、空の果てから降りてきて原生生物に知性や文明を与える行為のことだ。君たちにとっての、いわゆる神のような行動を取って崇《あが》められたいなどと考えた者も多かった。だが、崇《あが》められることに飽きた者たちは、ほとんどが何やかやと理由をつけて立ち去った。勝手なことだ』

思ったとおりだ。あるいは、地球人類もそんな誰かからの干渉を受けて今があるのかもしれない。神如《ごと》きものは宇宙人だった、というのは何ともひねりが無いけれど。

『入植については、特に原生生物の許可を得ず、あるいは得たという体裁をとってその星に住み着いたことを指す。我々が原始的に見える生活をすることと、実際に原生生物が行う原始的生活はまったく似て非なるものだった、と言える』

「それはそんなに悪いことなのですか？」

どちらもそれ程悪いことではないように思える。

カイトの問いに、『議員』はゆらゆらと触腕をくゆらせた。

『もちろん、それだけならばあまり問題はない。実際のところ、入植先の住人たちに連邦の市民権を与えるべきではないかという議論が発生したこともある』

「だったら……」

『問題は、そうした惑星のほぼ全ての原生生物が、連邦への所属資格を得る前に絶滅したということだ』

「絶滅⁉」

『そうだ。そのため、当時の連邦議会は未開惑星への干渉や入植を原則的に禁じたのだ。だが、悪い方向に知恵の働く者はいてね』

そこまで言われれば、カイトも彼らが抱えていた事情に察しがつく。

地球が監視されていた理由、市民権を得る資格があるからと歓迎された意味。そして、地球の文明が今にも滅亡しそうだというのに、彼らが地球に手を貸そうとしなかった理由も、また。

「僕たちはつまり、違法入植者の子孫である……ということですね？」

『その辺りの解釈が難しいところなのだ、カイト三位市民《エネク・ラギフ》。法で入植を禁じた後、地球は発見された。そして、決してしてはならないことをした者が現れた』

入植ではない。そして、どうも言い方の歯切れが悪い。

後に滅亡を導く違法入植よりもまずいこととは何なのだろうか。

自分たちを違法入植者の子孫として見なすか解釈が分かれているということは、単純な入植や干渉でないのは分かるのだが。

『時間遡行《そこう》と、生命の入れ替えだよ』

淡々と続けられた議員の言葉は、カイトの疑問への答えであるとともに、背筋が凍りつくような恐怖を感じさせるものだった。

＊＊＊

いかに連邦の技術をもってしても、時間遡行《そこう》は難しい。何度かの実験により、ある一定量以上の質量を持つ生物は一瞬たりとも時間遡行《そこう》に成功しないことが証明されている。逆に言えば、それより小さい質量であれば可能だった、ということだ。

生命の入れ替えは、連邦政府が知る限りで十五の惑星に対して行われた。数が少なかったのは、単純にそんなことを目論《もくろ》んだ者が例外なく皆死んだからだ。バックアップされていたはずの生体情報も完全に破損し、再生さえ出来なかったという。

根拠はまったくないが、当時は入れ替えられた生命の呪いであるという噂《うわさ》さえ流れたようだ。確認の方法も再現する必要性もなかったので、本当に呪いだったのかという検証は行われず、その行為が禁忌とされただけで終わっている。

生命の入れ替え。その惑星に命が発生する前の時間軸に、自分たちの生命の情報が含まれている生命の種と言えるような原始生命を送り込む行為。時間遡行《そこう》と、生命に対する技術さえあれば可能だったわけだ。

時間遡行《そこう》によって発生した生命の入れ替えは、歴史そのものの改変でもある。発見が極めて難しい犯罪として、現在は時間遡行《そこう》の技術とともに厳重に封印・監視されている。

＊＊＊

『歴史の改変とは、数億年にわたる命を殺し尽くす、とても表現できないような大量虐殺だと我々は考えている。連中の悪辣な点は、連邦が関与したことのない未発見の惑星を対象にしたことだ。連邦市民の生命に直接の影響がなかったので、発覚が遅れた』

生まれてから追放されるまでを過ごした星の様子を思い返す。

動物たちも植物たちも、自分さえも。本来この星に生まれ、芽生え、育つはずではなかったということか。本来そこにいるはずだった無数のものを永久に喪《うしな》わせながら、自分たちは星を食い潰した。見も知らぬ誰かからじっと背中を見つめられているような、そんな薄ら寒い錯覚を覚える。

『地球は、生命の入れ替えが行われた十五の星のひとつだ。既に十二の惑星が滅亡しており、地球ももうすぐ滅ぶことになるだろう。連邦は全ての星の滅亡によって自分たちの罪を償うことも出来ず、ただその過《あやま》ちを記録として残すばかりとなるはずだった。だが、君が間に合ってくれた』

「間に合った……とは」

『償いの機会だ。君が連邦市民となったことで、地球は連邦の一員となり、我々は介入する名分を得た。ゾドギアはこれより地球の監視任務から解かれ、地球の環境回復と保全の任務に就くことになる』

　地球環境の回復と保全。良《い》いのだろうか。人間だけではなく、動物も植物すらも、本来の地球にとっては異物なのではないか。

　そんなカイトの疑問に、テラポラパネシオとは違う声が挟まれた。画面のどこからかは分からないが、女性的な響きの声だ。

『アースリングを始めとした全ての地球生物は、地球に命の種を撃ち込んだ種族とは違う形での進化を果たしている。カイト三位市民《エネク・ラギフ》、君たちは加害者ではない。君たち地球の生命もまた、正常な形での進化を生まれながらに禁じられた被害者であると我々は結論づけた』

「そう言われましても」

『これは我々の罪であって、君たちの罪ではない。それに本来、君たちが彼らと同様の進化を果たしていたとしても、彼らの罪を君たちに適用するのは正しくない。あくまでこの話は君たちが観察されていた理由と、君の母星の滅亡を前にして我々が介入できなかった事情の説明に過ぎないと思ってほしい』

　何とも重い話を背負わされたものだ。割り切れと言われても軽々に割り切れる話でもない。

カイトが唯一彼らに接触できたとはいえ、地球人《アースリング》もまた自分たちの星を滅びに向かわせてしまったのには変わりない。

既に滅亡した十二の他の星との違いは、カイトのような向こう見ずがいたかいなかったか程度の話でしかないのだ。

だが、あまり内罰的なことを考えていても仕方ない。取《と》り敢《あ》えず祖先のことで罪に問われなかったことを幸運だったと思おうかと気持ちを切り替えたところで、『議員』が話しかけてきた。

『さて、カイト三位市民《エネク・ラギフ》。本題はここからだ』

ここまでは本題ではなかったのか。

内心でちょっと身構えながら頷《うなず》いてみせると、

『地球を我々テラポラパネシオに売却するつもりはないかね？』

『ちょっと待てぇ！　今までの会議をひっくり返そうとするな！』

何やら思いもしなかった発言が飛び出してきた。

――しばらくの喧騒《けんそう》の後、ようやく会議が落ち着きを取り戻す。

『いや、済まない。少々興奮して先走ってしまった』

やれやれ、と触腕の何本かを揺らす代表。

冷静な口調ではあるが、それだけ重要なことだったのだろう。

周囲から冷ややかな視線が議員役の宇宙クラゲに向いているような気がするが、今は気にしないことにしておく。

『まずは、地球の環境を改善する許可をもらいたい。君たちのいう〝クラゲ〟が今後も無事に生存できるように』

「あ、はい。それはぜひ」

『うむ。そしてゆくゆくはあの星を我々の保護惑星にさせてもらいたい』

「え？」

『連邦に散っている我々も、徐々にあの惑星に居を移すことになるだろう。そして彼らと交感するのだ。それは実に素晴らしい体験となるに違いない』

『待て待て待て！　まったく冷静になっていないではないか！』

どうも先程から、『議員』の様子がおかしい。いや、宇宙クラゲの言動がおかしいのは出会ってからひとつも変わらないが、何というか論理的ではないのだ。興奮でもしているのだろうか。

『地球の将来的帰属については、まだ議会で結論が出ていないはずだぞ！　何よりカイト三位《エネク・》市民《ラギフ》の意向を誘導するのは許可できん！』

『黙りたまえ！　一刻でも早く行動せねば、クラゲが！　クラゲの未来が！』

『だから環境改善については彼も許可を出しただろう⁉　君たちはそれ程までに似ている別種

が気になるのか！』

『当たり前ではないか！　地球に属する知性体と、我々との間に遺伝的連続性はない！　つまり、地球でクラゲが発生したのは、紛《まご》うことなき『奇跡』なのだよ！』

なるほど、宇宙クラゲが地球にご執心になった理由が何となく分かった。

しかし、だからこそしっかりと手続きを踏んだ方が良《い》いのではないだろうかと疑問は湧く。目的のためには手段も相手の心証も選ばない種族だというのは分かっているのだが、それでもこれまでの様子ではかなり理性的ではあったはずなのに。

「ええと、議員のテラポラパネシオさん？」

『む、なにかねカイト三位市民《エネク・ラギフ》。我々は君に居住可能惑星をふたつ購入できる程度の支払いをする用意があるぞ？』

「いえ、そうではなく。それはまずいんですよね？　……ええと、何故《なぜ》地球のクラゲと交信？　交感？　したいのかなって」

何やら不穏当なことを言い出す宇宙クラゲ。居住惑星が欲しいというわけではないようなので、その理由を確認しなくてはならない。

と、宇宙クラゲがすべての触腕を力なく下ろした。落ち着いたのか、口調も対面したときの穏やかさを取り戻す。周囲も何やらざわめいた。

『我々は、我々が宇宙に出る前の記憶を保持していないのだよカイト三位市民《エネク・ラギフ》』

「保持していない……？」

『我々が知性を獲得した時には、我々の最初の個体は既に宇宙空間に進出していた。生身でね。だから、その前にどの星に住んでいたのか、どんな生活を送っていたのかも、記憶していないのだ。だからこそ、海洋に住んでいるという地球のクラゲに興味がある』

宇宙空間で生身で生存していた？　カイトは何より先に宇宙クラゲの生態が気になったが、一瞬疼《うず》いた知的好奇心をねじ伏せる。ここで自分までが脱線すると、本当に収拾がつかない。

「うーん……。クラゲって、皆さんが期待するような生物ではないと思いますよ」

『それは交感してみれば分かることだ。我々にとって、我々に近しい生物と出会える機会はそれだけ貴重なのだと思ってほしい』

地球の運命を歪《ゆが》めた連中と、カイトたち人類は似ていないという。その連中の星では生物の進化の過程でクラゲは発生しなかったのかもしれない。これだけ喜ぶということは、連邦に属する星々でクラゲのような生態の生き物は生き残らなかったのだろうか。取《と》り敢《あ》えずカイトとしては、過度な期待は禁物だと言うくらいしか出来ない。

別々の星々で、似た生物が生まれる。そういった存在との交感は、確かにとても素晴らしいことだ。自分もまた、リティミエレとの会話で新鮮な刺激を得ているのだから。

『まあ、色々と誤算はあったが……カイト三位市民《エネク・ラギフ》。地球という惑星の今後について決めなくてはならないことがあるのだ。しばらくはこの中央星団に滞在してもらうことになるので、それまでにこは了承してほしい』
「あ、分かりました」
この場を締めたのは、これまで声を聞かなかった議員の誰かだった。

＊＊＊

突然、大きな話になったものだ。

カイトにしてみれば、わずらわしさの果てに捨てて来た故郷だ。その所有権が連邦法の上では自分にあると言われても、正直なところイメージが湧かない。議会の議論が終わるまで、カイトはありていに言えば放置されることになった。

案内された部屋は、予想以上に広かった。当面の生活拠点ということだが、レイアウトについては地球のそれによく似ている。

『マスター・カイトが議員たちと会話している間に、ティークと情報交換を行って揃《そろ》えてもらいました。特に対価も必要ないそうですので、お寛《くつろ》ぎください』

実に有能な機械知性である。

ぽふ、と手近なソファに腰を下ろしたところで、ゾドキア、ひいてはグッバイアース号から何も持ってこなかったことを思い出す。何より端末を置いてきてしまったのが痛い。

時間が空いたら、何かを読む生活を続けていたのだ。気付いてしまったが最後、どうしようもなく手持ち無沙汰であることに落ち着かなくなる。むずむずと手を虚空《こくう》に浮かせていると、近くの台座に落ち着いたエモーションが声をかけてきた。

『マスター・カイト。許可をいただきたいことがあるのですが』

「どうしたの、エモーション」

『先ほどティークから提案を受けたのですが、ボディと知性のアップデートを行いたいと思うのです』

「ほほう」

興味を惹《ひ》かれて、エモーションの方に向き直る。きゅるきゅると、エモーションの内部が音を立てた。どう説明するべきか考えているのだろうか。

手持ち無沙汰の解消にもなる。カイトは若干前のめりにエモーションの説明に耳を傾ける。

『マスター・カイトのサポートを行ったという業績を評価して、私にも連邦市民の市民権が付与される可能性があるそうです』

「それはめでたい」

『ですが、私の機械知性としての性能では、連邦の基準では市民権を付与できるだけのクオリティに達していないとのことで』

そんな基準を定めたやつをぶん殴ってやろうか。

カイトは内心で生まれたその言葉をぎりぎり口にせずに頷《うなず》いた。エモーションが求める許可の話にはまだ達していない。

きゅるると回転が速まった。自分の要望を伝えると負荷がかかるのだろうか。

「で、アップデートなんだね。ぜひやるべきだと思うけど、何か問題が？」

『その……。アップデートは自費で行わないといけないということで』

「おうふ」

カイトもエモーションも、現時点では無一文という立場だ。本人たちの資産と言えるようなものはお互いの存在くらいしかない。いや、遠く離れた場所にあると言えばあるが。

「ぐ……グッバイアース号は二束三文だよね？」

『資料的価値はあるかもしれませんが、必要な価格に届くかどうかは不明です』

「だよねえ。どうしようか」

エモーションは、カイトにとって大切な相棒だ。刑務官と受刑者だった頃から、名実ともに苦楽を共に——どちらかというと、ほとんどエモーションの世話になりっぱなしだった気がするが——した仲だ。

恩返しが出来るならしたい。そう強く思っている。

とはいえ、お金の算段となると難しい。何しろカイトは、連邦の通貨単位すら知らないのだ。

『一応、代価として提供できそうなものには目星がついているのですが』

「何かあったっけ。これが目録？　……うーん」

エモーションから提示された目録に、カイトは珍しく渋面を作った。

そうなってしまうほど、提案された内容は判断が難しいものだったからだ。

＊＊＊

連邦議会の議論が滞ることは、ほぼない。

おおむね誰もがあらゆる議題に慣れているからだ。資源や寿命の問題から完全に解き放たれた連邦社会において、議会で議論される内容はそれほど互いの権利に大きな衝突を生むことがない。

そんな議会が紛糾している。

連邦の市民がかつて引き起こした罪の結果生まれてきた『罪の子たち』。その一人であるカイトが、連邦の定める参入の基準にまで到達した。その帰属については早々に決着がついたのだ。三位市民《エネク・ラギフ》の市民権の付与についても、紛糾することはなく。

問題は、地球に生存する生物の扱いについてである。

テラポラパネシオによる横やりで、優先順位がややこしくなった。

当初は知性体である生き残りの地球人《アースリング》を優先的に保護することで合意が取れつつあった。テラポラパネシオも最初期には理性的にその選択を支持していたのだが。

途中から強硬に、海洋生物の保護を最優先するように主張し始めたのだ。具体的にはカイトがゾドキア内で、ゾドキアの責任者である『代表』と会話を行った瞬間から。

議員のテラポラパネシオが、自分たちの資産を使って地球の購入についてまで言及したことで、当初の合意事項は完全に行方不明になってしまった。常に理性的であり、普段は調停役として振る舞うことが常である宇宙クラゲの狂態に、議会は落着点を見つけることも出来ずに転げ回る。

カイトが議会に顔を出したことで、混迷を極めた会議は方向性を定めることが出来たのだ。

ひとまず、地球環境の再生を即時はじめると決定できたことだけが、この日唯一の成果だった。

＊＊＊

カイトの座るソファの前に、小さな人物が立っている。地球の知識で言うと妖精や小人と表現するのが一番近いだろうか。

見た感じでは、サイズの問題にさえ目をつぶれば連邦で出会った中で最も地球人《アースリング》に姿が似ている。そう、肩甲骨《けんこうこつ》の辺りからもう二本生えている腕にさえ目を向けなければ、ほぼ同じだと言っていい。

助手と称した機械知性に乗ってやってきたその人物は、低く耳心地の良い声《い》で名乗った。

「初めまして、カイト三位市民《エネク・ラギフ》。私はアディエ・ゼ、こちらは助手のケルヌンソス。ともに五位市民《アルト・ロミア》の権利を所有しています」

「初めまして、カイトです。よろしくお願いします」

「お話はある程度、ティーク四位市民《ダルダ・エルラ》から承っております。自由に出来る資産を早急に必要とされているとか」

事前にティークから聞いた話によると、市民にはそれぞれの階位によって年金（と表現するしかないお金）が支給されるという。カイトも三位市民《エネク・ラギフ》となったので支払われるのは間違いないが、入金される時期や諸々《もろもろ》の手続きに時間がかかる。そして、一度の入金でエモーションのアップデートにかかる資金に足りるかはティークにも分からないと。

エモーションは待っても良いと言ってくれたが、カイトはカイトで当面の活動資金がないと不安がある。ティークに信用できる取引相手を紹介してくれるよう頼んだところ、このアディエ・ゼが来たわけだ。

カイトはエモーションを恭《うやうや》しく持ち上げると、アディエ・ゼの前にそっと置いた。きゅるきゅると音を立てる。

「こちらのエモーションが記憶している、惑星『地球』の文化。これに値段をつけて欲しいのですが」

思った以上にアディエ・ゼからの食いつきは良かった。

「ふむ、ふむ！　これは素晴らしい。史的資料としても、娯楽としても十分以上の価値があります」

アディエ・ゼはエモーションが提供したデータの羅列を流し読みしながら歓喜の声を上げた。彼が所属している機関はあらゆるものの価値を判定することを事業としており、その価値は内容と共に連邦内に周知される。

今回の場合、博物館や娯楽産業の分野が権利の購入を打診してくるだろうとのことで、すぐに複数の連絡が届いた。

地球にも似たような仕事をしている企業があったなと、ふと懐《なつ》かしく思う。貨幣の役割が違うこと以外は、連邦での生き方は地球とあまり変わらないのかもしれない。

「ええと、現時点の入金でアップデートの予算は十分間に合いますね。口座については私どもで準備してありますので、市民口座が出来るまではこちらをお使いください」

「ありがとうございます」

「議会で地球の扱いについて紛糾しているのは、耳聡《みみざと》い者たちならば既に把握していますからね。まだまだ釣り上がりますよ」

「紛糾？」

助手のケルヌンソスとエモーションが、口座情報のやりとりをする。さすがに段取りが良く、エモーションは早速アップデートのために工場に向かうこととなった。それはそれとして、何やら不穏当な発言が聞こえてきたような気がしたが。

エモーションが空中に表示してくれた画面上では、今も数字が増えているのが分かる。連邦の数字を地球の数字に直してくれているとのことで、非常に分かりやすい。あとは貨幣価値さえ分かれば大体の予想がつきそうだが、今のカイトにはただの増えていく数字でしかない。

エモーションがいないと生活が困難になるなあ、などと考えていると、自分の手元で同じデータを見ていたらしいアディエ・ゼが何度か頷《うなず》いた。

「ふむ。この額なら他にも買い物が出来そうですね。どうでしょう？　私の方でいくつか見繕いましょうか」

「あまり無駄遣いをするつもりはありませんよ。僕の勝手で使うにはちょっと気が咎《とが》めるお金ですから」

「ご心配なく。人様の遊び金に無駄に口を挟むような野暮はしませんとも。船を手に入れられてはいかがかと思いまして」

「船？」

アディエ・ゼの言葉に、カイトは首を傾《かし》げるのだった。

＊＊＊

連邦市民にとって、貨幣とは娯楽のためにのみ消費されるツールである。資源や寿命の問題を恒久的に解決した彼らにとって、死とは権利と選択の最終到達点でしかなく、永遠に近しい退屈を紛らわせるための手段として仕事を、そして娯楽を楽しむのだ。あるいは、仕事すらも娯楽の一部なのかもしれない。

そして、船は連邦市民が仕事をする上でも娯楽を楽しむ上でも、非常に重要な道具であるという。

「何しろ、連邦の居住用天体はここだけではありませんから。仕事で成果を上げれば市民権の拡充も可能ですし、行ける場所も増えます」

アディエ・ゼの案内で、造船ドックに向かう。エモーションとは別行動となったためか、何となく不安を感じる。ここ数年の囚人生活で、随分と彼女に依存してしまっていたのだなと反省するカイトだ。

造船ドックは、ゾドキアにあったディルガナーのラボによく似た雰囲気の場所だった。違うのは働いている機械知性の数だろう。非常に多い。

「よう、アディエ・ゼ。そちらの旦那は？」

「客だよハマートゥ。今話題の地球から来られたカイト三位市民《エネク・ラギフ》さ」

「おお、噂《うわさ》の。あちこちでテラポラパネシオが大騒ぎしてるってな。あの方々があんなに騒がしいのは見たことがないが」

その原因に、カイトは大いに心当たりがあった。そんなに地球クラゲに興味があるのか宇宙クラゲ。

ともあれ、アディエ・ゼの話に興味を惹《ひ》かれたのも間違いない。ここには地球にいた頃には考えもつかなかった広い世界がある。そこを自由に移動できる手段を手に入れるというのは、とてもそそられる提案だ。

自分がどう生きるのか、どう生きたいのか。連邦であれば、もしかしたら見つかるかもしれない。

「それで？　三位市民《エネク・ラギフ》の旦那の改造タイプは……えっ」

対応を進めていたハマートゥ氏が固まる。

ディルガナーからデータでも送られてきたのだろうか。

眼《め》に相当するらしいカメラをこちらに近づけてきて、一言。

「テラポラパネシオの旦那がたに気に入られるわけだぁ」

何だろう、遠回しに批判されているような、馬鹿にされているような。

おそらく超能力を改造の主軸に据えたことを見て言いだしたのだろうが、なんだか非常に不本意だ。

差し出されてきたカタログに目をやる。カイトの改造状況で使いこなせる船の一覧であるようだ。出来あいの船を買うか、自分好みに改造を入れるか。悩みどころである。

「取《と》り敢《あ》えず、このカタログを預かっても構いませんか？」

「構わない。じっくり考えたいってことだろ？」

「ええ」

当たり前のことだが、エモーションにも相談しなくてはならない。

とはいえ。カイトがさらりと流し読みした中で、どうしようもなく興味をそそられる船があった。エモーションが頑として反対してこない限り、多分これをメインに据えるだろうという、そういうやつが。

ハマートゥからの形容しにくい圧を背に受けながら、カイトは部屋へと戻ることにしたのだった。

＊＊＊

部屋に戻って、やることもないのでベッドに倒れ込む。

そうやってようやく、ゾドキアに着いてから時間の感覚を喪失していることにカイトは気付いた。

改造を受けたからか、ここまでの濃すぎる体験のせいか。眠気や空腹さえも感じてこなかった。そもそもエモーションの言うがままのスケジュールで過ごす日々が少しばかり永すぎた。体内時計がまったくと言っていいほど仕事をしていない。

天井をぼんやりと見上げながら、カイトは自分の今に思いをはせる。

「生きているんだよなぁ」

死ぬはずだった。滅びゆく地球人《アースリング》の一人として、星の海を漂う人間の標本として。その覚悟はしていたし、ある意味初めて自分の意思で自分の行く末を決めたのだ。あの旅の間、カイトは誰よりも自由だという実感の中にいた。

それが取り上げられた。思いもよらない形で、これからを生き延びる道だけが用意されてしまった。しかも、どうやら地球で暮らしていた頃よりも格段に自由に。

カイトは自分が図太い方だという自覚はあったが、それでも簡単に心の切り替えが出来るわけもない。

――どう生きるかなんて、考えていなかった。

「参っちゃったねえ、どうも」

笑いしか漏れてこない。

宇宙の広さを体感して、超能力を身に着けて(使っていないので実感はないが)。挙句の果てに、太陽系から遠く離れたどこかの星で何やら大層な市民権までもらってしまった。

知ってしまった地球の生物の出自については気にしないことにした。気にしても仕方ないし、気にしたところでどうにもならないからだ。

これからは連邦市民として生きることになる。三位市民《エネク・ラギフ》というのが、具体的にどれほど素晴らしいものなのかはいまいちピンとこないが、それは追々分かるようになるのだろう。少なくとも現時点で、随分と優遇してもらっているのは分かる。

あとは、随分な自由を許されているらしい新しい生活の場で、何をして暮らすのかということになるが。

「ま、そこはエモーションと相談かなぁ」

それに、エモーションが保存していた地球の文化データのこともある。

自分たちのために使わせてもらっているわけだが、何となくふたりだけで消費するのは気が咎《とが》めた。

今この瞬間も資産は増えているに違いない。どうしたものか。

目を閉じて、小さく息を吐く。

「そういや、アップデートっていつ終わるの……か、な……」

思ったよりも疲れていたらしい。

目を閉じた途端、カイトの意識は眠りの闇に落ちていくのだった。

＊＊＊

「マスター。マスター・カイト。起きてください。眠りすぎです」

「んぅ、まだいいじゃないかエモーション。あと二時間」

「重力下に戻ってきたからと言って惰眠を貪るとは良《い》い度胸ですマスター・カイト。五カウント以内に起きない場合、権限はありませんが電気ショックを流します。良《い》いですか、ワン」

体の反射というのは悲しいものだ。カウントが始まった直後に、上半身が跳ね上がる。エモーションの電気ショックは痛いのだ。

ぽりぽりと頭を掻《か》きながら、ベッドの横に仁王立ちする相手の方に視線をやって、寝ぼけた頭のまま答える。

「分かったよエモーション。じゃあ今日のスケジュールを……」

そこまで答えて、ふと気付く。仁王立ち？

カイトは自分が答えていた相手が、勝手知ったる球体ではなく、人の姿をしていることに少々の混乱を覚える。

「どちらさま？」

あまりにも自然だったので、エモーションだと思って答えていたが。いや、きっとアップデートしたエモーションなのだろうが。カイトは別に察しの悪いタイプではないのだ。

金髪。スレンダーな体型。地球人《アースリング》の女性。

そんな馬鹿なと思いながら、目を瞬《まばた》かせる。お前さん機械だったろうに。

「お分かりでしょう？　マスター・カイト」

「エモーション、さん？」

「ええ。マスター・カイトの嗜好《しこう》の傾向から、最も好みと合致するであろう姿を構築しました。いかがです？」

正直、とても好み（どストライク）です。

カイトは両手で顔を覆いながら、小声でそう答えるしか出来なかった。

どうやら、地球時間で一日半ほど寝ていたらしい。これは改造された肉体が落ち着くための休眠期間ということで、特別なことではないという。むしろ改造されてから休眠に入るまでが濃密すぎた。まだ何となく寝足りない気分だ。

問題はエモーションだ。今は女性型のアンドロイド然とした姿だが、こちらを起こす際に驚かせた金髪美女の姿も偽装ではないらしい。

「予算に余裕がありましたので、全身を超微細の生体金属によって構成しています。連邦が地球調査の際に平和裏に獲得した地球人《アースリング》女性の遺伝情報を組み込んでおりますので、性質を変えればこの通り」

音もなくメカメカしい外見と人間の外見を入れ替えるエモーションに、カイトはさすがに頭を抱えた。彼女のユーモアセンスは知っていたが、アップデートでここまではっちゃけるとは。

地球人《アースリング》に期待するのをやめたとはいえ、異性への興味や関心がなくなったわけでも嗜好《しこう》が変わったわけでもない。エモーションの姿に心臓が高鳴っているカイトは、何だかしばらく彼女に逆らえそうにない。

特に、こちらの好みに合わせて地球人《アースリング》女性の姿でこちらに指を突きつけてくるのはどうなのだろう。

「さて、私のアップデートに関しては完了しました。では早々に次の工程に入りましょう」

次とは何か。返事の代わりに、腹が不穏当な音を立てた。

そういえばゾドギアに回収されてから今まで、何も食べていないことを思い出した。エモーションも何の音でしょうとは聞いてこない。

身体改造を終えたことで、体が栄養を欲《ほっ》しているのだろう。

「次の工程の前に、食事くらいはしておきたいかな」

のそりと、ベッドから降りる。

と、エモーションが首を横に振った。

「食事は次の次の工程です。地球の料理を再現したものを用意してくれることになっていますのでお楽しみに。マスター・カイトには食事の前にしていただくことがあります」

「なんだい？　船の手配かな」

「いいえ、体の洗浄です。マスターの身体改造プランは、休眠時間のうちに本格的に全身の作り替えが行われます。そのため、寝ている間に体の表面から有害物質などが湧出している状態とのことです。着替えも準備されておりますので、まずはそちらを済ませてください」

「あぁ……そうだね、なるほど。助かる」

　着替えの準備も済ませておいてくれたとは、至れり尽くせりだなと感心する。そういえばそのまま寝てしまったが、カイトの格好はグッバイアース号からずっと囚人服のままだ。身体改造の時さえ気密服を脱いだだけで、この囚人服を脱ぐことはなかった。

　体の洗浄も当たり前のことなので、カイトは素直に応じることにした。腹は減っているが、清潔ではない状態で食事の場に向かうのも失礼だろう。その辺りはきっと文化や文明が違っていてもそう変わらない常識ではないかと思えた。

＊＊＊

　洗浄装置で全身を洗った後、用意された服に着替える。

　地球の服に似ていながらも、素材の質感が妙に違う。吸い付くような手触りと言えば良いか。上等な素材で、そこらに売っているようなデザインで作られているのはもったいないというか何と言うか。

元々着ていた囚人服と下着の類は全て片付けられていた。有害物質が皮膚から吐き出されていたというから、処分されたのだと思うけれど。

「愛着……は特になかったからいいか」

着心地の良さは、新しい服の方が段違いだ。通気性も良《い》いから爽快感がある。囚人服は青が基調だったからか、新しい服も上下ともに青を基調としたデザインだ。

カイトとしては特にこだわりはないのだけれど。

「さて、と」

用意されたものはすべて身につけた。いつの間にか乾いていた髪を撫《な》でつけて、洗面室の外へ。

エモーションは、ぼんやりと佇《たたず》んでいるように見えた。カイトが出てくると同時に声をかけてきたから、見えただけでぼんやりしていたわけではないのだろう。

「さっぱりされましたか」

「うん。どうかな、この格好」

「よくお似合いだと思いますよ。……とはいえ、私に地球人的《アースリング》な審美眼を期待されても困りますが」

「別にいいさ。君が似合っていると思うのであれば、それで十分だとも」

どうせ、ここにいる地球人《アースリング》は自分だけなのだ。エモーションが自分の格好を変だと思っていなければそれでいい。

新しい服に着替えたことによる、ちょっとした高揚感はすぐ消えた。具体的には腹の虫によって。

締まらないことだ。

「食事の準備は出来ているようです。行きますか」

「そうだね。そういえばエモーション、君は食事は出来るのかい？」

「はい。人間態であれば出来ますが……特に食事をする意味はありませんよ」

補給は充電で十分ですからと言うエモーションだったが、カイトはそれでも彼女を食事に誘うことにした。時には意味のないことをしてみるのも、生き方に広がりをもたらすと思っているからだ。

「流石《さすが》は連邦の技術ってところかな。ちょうどいいや、君も実験的に食事してみるかい？」

「はあ。私は味覚という概念がいまいち理解できないのですが」

「それこそ、食べてみるべきじゃないかな。別に僕のサポートだけを生きがいにする必要はないんだからさ、気に入るなら食事を趣味にしてみるのもいいかもしれないよ」

「……断る理由はありませんね」

あまり前向きな反応ではないが、エモーションはカイトの提案を受け入れた。

食堂はこちらです、とカイトを先導する足取りは妙に軽い。

「マスター・カイトが食事しているのをぼんやり待つだけ、というのも外聞が悪いでしょうし。お付き合いしますよ」

何やら言い訳じみたことを言ったのは、彼女なりの照れ隠しだったのだろうか。

＊＊＊

「これは……カレー？」

「そのようですね」

席に着いたカイトとエモーションの前に、謎技術で料理が出現する。深めの皿に米とルー。非常に見覚えのある料理。カレーライスである。

ただし、ルーの色はピンクだ。ショッキングピンク。

カイトは静かに目を閉じた。どうしよう、食欲が湧かない。寸前まで胃袋の自己主張が凄《すご》いことになっていたのだが、強すぎる違和感が食欲を抑えにかかっている。

それにしても、何を参考にしたらこうなるのだ連邦市民。

「どうされます？　栄養価などは地球人《アースリング》に合わせているようです。無害ですよ。確かにカレーライスとしてはあまり見かけない色だとは思いますが。無害です」

ならば何故《なぜ》無害と二回言うのか。

カイトは溜息《ためいき》交じりに目を開けた。そうだ、連邦は別に嫌がらせでカイトに料理を出したわけではない。カイトの栄養補給のためにこれを用意してくれたのだ。

食べないわけにはいかない。意を決して、用意されたスプーンを手に取る。

ルーと米らしきものを同時に掬《すく》い、意を決して一口。

広がる薫りと味。不味《まず》くはない。むしろ美味《おい》しい。だが残念ながら、カレーの味ではなかった。

「なるほど、これがカレー。これが辛みというやつですか、万人に好まれる理由も分かる気がします」

「いや……違うよエモーション。これは甘味だ」

「甘味？」

「うん。これは辛さじゃない」

名状しがたい味わいに、カイトは左手で頭を抱えた。なんだろう、この二重三重に裏切られた気分は。味だけで言えば実に美味《うま》いところが罪深い。

取《と》り敢《あ》えず平らげてしまうことにする。落ち着こう。これは変わった色合いのカレーでなく、変わった色合いのクリームシチューだと思い込め。クリームシチューをライスにかけたのだ。

それならば距離感はそれほど離れていない。

意を決して二口めを口にする。

いける。クリームシチューだと思えば何とかなる。ちょっと甘すぎるけれど。

「……ふう」

一心不乱に皿を空けたカイトの前に、間髪を容《い》れず新しい器が出てくる。

バニラアイスだ。見たところ、バニラアイスにしか見えない。デザートとして手頃なサイズのアイスと、小さなスプーン。

カイトは流石《さすが》に躊躇《ちゆうちよ》した。先程は辛いかと思ったら甘かった。このバニラアイス状の何かは、甘いと思ったら何味なのか。

と、カイトに続いて平らげたエモーションの前にも同様の物が現れる。

待て、と言う間もなかった。すっと流れるような所作で掬《すく》ってしまう。食べた後に少しの沈黙。

「……このアイスクリームというのは、子供も大人も好むスイーツだと記憶しておりますが」

「う、うん。そうだね」

「この味を、地球人《アースリング》は好むのですか……。私の味覚は地球人《アースリング》に合わせて調整されているはずなのですが、私はこの味を好ましく感じていませんね」

人の味覚には個人差があるから、とはとても言えない。

アイスクリームはだいたい甘いのだ。そしてきっと、これは甘くないのだろう。エモーションが変な覚え方をしては困るので、カイトも仕方なく口に運んだ。

に　が　い。

「味覚の再調整が必要でしょうか」

「違うよエモーション。君がおかしいんじゃなくて、この味付けが地球のものとは違うんだ」

「そうなのですか」

「うん。これは苦いっていうんだ」

これでも大概の不味《まず》い食べ物には耐性があると自負しているカイトだ。収監中の食事は口に出すのもおぞましい程に不味《まず》かったのだから。だが、記憶にある味と違うだけで、こうもダメージを受けるものだとは。

薬を飲むように、嚙《か》まずに飲み込む。次の何かが出てくる前に、少しばかり据わった目で要求した。

「……この味付けにした責任者を出してくれ」

一言。一言でいい。言ってやらねば気が済まなかった。

＊＊＊

「なるほど。アースリングの味覚はこのパターンでしたか。今後に向けて共有しておくことにしますね」

「……よろしく頼みます」

一切の邪気もなく、地球人《アースリング》の味覚について取材されてしまった。責任者として現れた機械知性が持ってきた調味料の味を元に説明すると、かれはそれでは、と言って地球のメニューをひとつだけ作ってくれた。手早く出来るから、と差し出された料理に、言葉を失う。一口食べて、その美味《おい》しさに驚く。味のバランスを把握しただけで、こうまで変わるものなのか。

「……これは」

「マスター・カイト！　こ、これは何ですか⁉　私はこの料理に、今までにはない好意的な反応を覚えています！」

「炒飯《チャーハン》だ。……懐《なつ》かしいな」

幼いころ、無邪気にも家族の愛を信じていた時代。両親と一緒に行った店で食べた炒飯《チャーハン》をふと思い出した。こちらの方が比べ物にならないほど美味《おい》しいが、何故《なぜ》だろう、味より先に強く郷愁を覚えた。

「料理の名前は知っています！　この、この反応を知りたいのですよ！」

「美味《うま》い……ってことさ。エモーション。この炒飯《チャーハン》は美味《うま》いよ」

「これが……これが！」

エモーションの珍しいほどに過剰な反応に、何だか毒気が抜かれてしまった。

大きく息をひとつついて、郷愁を振り払うようにエモーションに言った。

「そろそろ船でも見に行こうか」

「……そうですね。そうしましょうか」

ちょうど次の工程として予定していましたから、とエモーションは答える。

ですが、と続けて。

「マスター・カイトがお休みの間にカタログは拝見しました。マスターの性質的に自分の趣味や嗜好《しこう》を最優先する性格であるのは最早《もはや》矯正の方法がないと判断しています。ですので、船についてはカタログの内容で結構です。ただし！　私が同乗する以上、半端《はんぱ》な船にはしませんからそのつもりで」

「……はい」

完全にカイトの意見を封殺してくるエモーション。

あ、オペレータとして同行する気なんだね。

そんな言葉を口《くち》の端《はし》から漏らさなかったことだけは、今日一番のファインプレーではなかっただろうか。

＊＊＊

「おお、三位市民《エネク・ラギフ》の旦那」

造船ドックにはハマートゥが詰めていた。

カイトの身長くらいある右のアームを挙げて、挨拶してくる。

「僕たちの船について打ち合わせに来たんですが」

「ああ、素体は用意できてるぜ」

「えっ⁉」

驚くカイトを愉快そうに見下ろしながら、ハマートゥが種明かしをしてきた。

「既に代理のエモーション氏からこれにするって連絡はもらっているぞ？　テラポラパネシオの旦那がたの手前、在庫はいつも確保してあるのさ。これを買おうなんて物好きはほとんどいないから、ほとんど置きっぱなしなんだけどな」

「失礼。私が先程連絡を入れましたエモーションです。在庫のままということは、船自体は型落ち品だということですか？」

「よろしくエモーション氏。いや、適宜アップグレードしているよ。細かい調整についてはこれからだが、この船自体はテラポラパネシオの旦那がたも運用している最新型だ。上手に使えば何でも出来る。言葉どおり何でもな」

ハマートゥが脳天から蒸気を噴き出した。溜息《ためいき》だろうか。

ディルガナーは耳のあたりで、ハマートゥは脳天。その辺りは機械知性ごとの個性のようなものなのだろうが、どうにも慣れない。

それにしても、エモーションの反応である。敵意という程ではないが、何だか空気が硬い。

「まず、内装についてですが、マスター・カイトの生命維持機能については私の管轄とします。エネルギーも私のボディから共有し、船体とは独立した機能として用意してください」

「ふむ？」

「船体を操作するための空間を覆うように、生命維持ブロックを設置してください。最悪の場合、船体を放棄して生命維持ブロックだけで連邦への移動が可能なように」

「おいおい、そこまでするのかい。俺としては構わないが、随分と丸々とした船体になるぞ」

「構いません。それでマスター・カイトの生命を保護できる可能性が上がるのであれば」

「エモーション？」

随分と要求が具体的かつ入念だ。エモーションに問いかけると、エモーションは首だけをぐりんとこちらに向けてきた。せめて上半身も多少はこちらに捻《ひね》ってください。怖いよ。

「マスター・カイト。これは連邦全体の性質のようなものですのでやむを得ないと思うのですが」

「うん？」

「命にバックアップがあるのが当然だからか、基本的に船内における生命維持の観念が希薄です。この機能を用意しない限り、私はマスター・カイトがこの船に搭乗することを認めることは出来ません」

エモーションの言葉になるほど、と思う。死んでも新しいボディで自分という存在は復活するから、船体の生命維持機能は最低限で構わないという考えか。当然、船体の性能自体は地球の基準とは比べ物にならないほどに高水準だから事故のたぐいはそれほど起こらないとは思うが。

カイト自身、地球時代の生命観から完全に逸脱したとはとても言えない。同じ細胞、同じ記憶を持った別のボディがあるからと言って、それが本当に自分であるのか確証は持てない。

「マスター・カイトが命を失っても構わないから、もっとスタイリッシュな外観を望むというのでしたらこの提案は撤回いたしますが」

「いや、この案で行こう。僕もまだそこまで連邦の考え方に染まったわけじゃない。バックアップはあるかもしれないけど、出来ればこの体で長生きしたいさ」

「安心しました」

「……なるほどねえ。命に限りがあることが前提の種族ってのはそういう考えなんだな。了解、早速とりかかるよ」

ハマートゥは特にこちらの考えが遅れていると言うでもなく、納得したように作業を開始する。

動いている作業を興味深く眺めていると、エモーションがすっと近づいてきた。

ぼそりと囁《ささや》くように耳元で伝えてくる。

「ちなみにですね。あの船体……テラポラパネシオが扱うのと同じ基準なので、マスター・カイトが居眠りをするなどで出力が低下した場合、生命維持そのものが出来なくなる仕様でした」

「まじか」

そうか。テラポラパネシオの連中は群体だから半分ずつ入眠するとか出来るのかもしれない。改造でカイト自身もそれなりの長時間、飲まず食わず眠らずで生活できる体を手に入れてはいるようだが、それにしたって限度はある。

「ありがとう、エモーション。肝が冷えたよ」

「はい」

何となく胸を押さえて、カイトは大きく息を吐いた。ある意味で、今日この瞬間が最も自分たちと連邦の違いを実感した瞬間だったかもしれない。

「あとは船の装備ですね。マスター・カイトの超能力を使うのが船体操作の基準となりますが、武装とかはどうされますか」

「武装？　武装か……」

接触しそうな小惑星の破壊とか、あまり考えたくはないが別の文明や宇宙海賊みたいな連中との戦闘とかか。そういう連中がいれば、だが。

当初の平べったい戦闘機のような形から、ずんぐりと丸っこい船体になろうとしている将来の愛機をぼんやりと見やる。あれ、何かに似ている気がする。何だっただろう。

ともあれ、カイトは船体を見て強くインスピレーションを感じた。自信を持って口にする。

「手とか、欲しいね」

「……手⁉」

今度はエモーションが驚いた声を上げる番だった。

＊＊＊

ああでもない、こうでもないとエモーションと船の装備について話していると、作業を続けていたハマートゥが奇妙な音を上げた。こちらに向けたものではないようだが、いつの間にか作業自体も止まっている。

何があったのかと聞こうとする前に、ハマートゥが頭部ユニットをこちらに向けた。エモーションの時ほど怖くないのは、彼の姿がエモーションほど人間ぽくないデザインだからだろうか。

「三位市民《エネク・ラギフ》の旦那。ゾドギアのディルガナー氏から連絡だ。一旦戻って来てもらえないか、ということだが」

「はて。ディルガナーさんが？」

用件に心当たりがない。

エモーションと顔を見合わせていると、忘れてないかいと声を上げる。

「あんたたちがゾドギアまで乗りつけた船があるだろう。あれの処分をどうするか、相談したいんだとさ」

「あっ！」

グッバイアース号のことだ。

すっかり失念していたと頭を掻《か》くと、横のエモーションが顎に手を当てて首をかしげた。

「それについては私も気になっていましたが、今はこちらの中央星団を離れないで欲しいと議会から要求されていたはずです」

「そこは確認してる。ゾドギアの代表殿から、議会への許可取りも済んでいるみたいだ。それ以外にも相談したいことがあるのかもしれないな」

「そうですか。どうしますか、マスター・カイト？」

呆《ほう》けている場合じゃない。答えないと。

慌てて頷《うなず》く。

「許可があるならもちろん行くよ。エモーション、では手の空いているテラポラパネシオの方にアポを——」

「いやいや、三位市民《エネク・ラギフ》の旦那」

エモーションに指示を出そうとしたカイトの言葉を遮り、ハマートゥがアームで作業途中の船を示した。

「エモーション氏のご要望にあった生命維持ブロックの設置と動作確認は済んだ。せっかくだから、この船で向かったらどうだい」

想像力と意思の力が届くかぎり、何でも出来る。

カイトに付与された超能力というのは、要するにそういうものだそうだ。

「残りの調整や改造は、ゾドギアでディルガナー氏とやればいい。ま、それまでは武装がないから戦闘行為は厳禁だけど」

ハマートゥの言葉に頷《うなず》いて、自分の内面に意識を向ける。改造を受けた時にある程度の説明は受けているが、自分の意思で超能力を使うのは初めてだ。

これまでに鑑賞した古典文学の数々。その記憶と知識を総動員して、カイトは自分がどう超能力を行使するのか、自分自身に定義していく。

毛髪から紫電が走った。

「マスター・カイト？」

「よし」

思い描く。ふわりとカイトの足が地面から離れた。

開けと願えば、船体の一部が迎え入れるように開く。ゾドギア同様、船体のパーツそのものが動いて空間を調整する仕様のようだ。

船内に入るように意識を向ければ、浮いた体が何をせずとも前に進む。ハマートゥが感心するように蒸気を噴いた。

「へえ、上手《うま》いもんだ。来る前に練習したのかい」

「まさか。思い浮かべただけだよ」

「そりゃすげえ。もしかすると地球人《アースリング》ってのは、超能力とやらに適性のある種族なのかねえ」

「……はっ！　マスター・カイト。ちょっと待ってください」

船に乗り込むカイトの様子を呆然《ぼうぜん》と見ていたエモーションだったが、再起動したのか慌てた様子で乗り込んでくる。エモーションが船内に入ったのを見届けてから、空いたパーツに閉じろと意識を向ける。

一瞬だけ真っ暗になった船内が、柔らかい光に包まれた。

用途のよく分からない機材が周囲に積み上がっている中、中央には座り心地の良さそうな椅子がひとつ。特に何も考えずに腰を下ろすと、それぞれの機材にエネルギーが入るのが分かった。

「おおお」

ぶるりと、全身が高揚に震える。新しい電化製品に初めてスイッチを入れる時のような、自分の趣味にぴたりと合致した作品を初めて読んだ時のような手応え。

周囲の壁面が透過して、周辺の様子が見えるようになった。姿を維持しているのは座っている椅子だけ。

興味深く見回して、一緒に乗り込んだはずのエモーションの姿がどこにもないことに気付く。

「あれ、エモーション？」

『……機能掌握完了。呼びましたか、マスター・カイト』

椅子の陰から、馴染《なじ》み深い球体姿のエモーションが姿を見せた。

「エモーション、縮んだ？」

『やはりオペレートにはこちらの方が楽です。人の姿だとどこにいても視界を遮りますしね』

「それは確かに」

連邦の謎技術で、人型の体を構成していた微細マシンは邪魔にならないところに隠しているのだとか。不思議なものだ。

エモーションが横に浮いているだけで、妙な安心感がある。カイト好みの人型も、アンドロイド姿も嫌ではないのだが、安心感ではこの球体がダントツだ。

『マスター・カイト。私からも質問があります』

「なんだい」

『先ほど、マスター・カイトの毛髪部から放電現象が起きていました。超能力とは、行使するとあのようになる仕様なのですか？』

「いや、カッコイイかなと思って」

『……そうですか』

きゅるきゅるきゅる、と。

もう必要もないはずなのに、エモーションがどこかからそんな音を立てた。

＊＊＊

このように動け、と思うだけで船体は旋回した。

ハマートゥから通信が入る。ドックからの出方についてのルートマップがエモーション宛てに転送されている間、カイトは手持無沙汰なので雑談に興じる。

「三位市民《エネク・ラギフ》の旦那。あんた本当に凄《すご》いな。テラポラパネシオの旦那がた以外で、最初からそんなに上手にそれを扱えるのを見たのは初めてだ」

「いや、考えるだけである程度動いてくれるから楽なものだよ」

「そうかい。その船を動かす上での、テラポラパネシオの旦那がたからのヒントを伝えるぞ。『この船は、それ自体が自分の力を増幅するための拡張装備でもある。自分の体の一部のように使う限り、必ずその想《おも》いに応えてくれる』とさ。正直なところ、俺たち機械知性にも他の種族にも、あの旦那がたの表現の意味がよく理解できていない。だが、もしかするとあんたなら理解できるかもしれない」

「体の一部のように、ね。参考にするよ」

何となくだが、理解できない話でもない。

カイトは言葉の通り、船自体が自分の体の一部であるように意識する。それだけで、まるで船の周りの空気の対流まで感じ取れるような気がして。

『準備できました、マスター・カイト。ガイドを表示します、その通りに』

「了解だ、エモーション。さあ、行ってみよう！」

ハッチが開き、空が見える。

進め。カイトは船にそう命じた。

＊＊＊

ガイドに応じて宇宙空間に出るまでは、特に何の問題も発生しなかった。ハマートゥのヒントの通りに意識したら、この船は実に素直にカイトの思考をくみ取って動いてくれる。

このまま行こうか、とゾドキアの方向に船首を向けたところで、ふと重要なことに気付く。

「そういえばさ、エモーション」

『何でしょう？』

「ここからゾドギアまでの距離って、どれくらい？」

『……何光年と説明したらイメージ出来ますか』

「僕ら、ゾドギアからここまで何分で来たっけ」

『あの時は計測関係は完全に異常値でしたから分かりません。日単位はともかく、月単位まではかかっていないと思いますが……』

もう一度地上に戻って、ゾドギアに送ってもらおうか。

そんな考えが頭をよぎった所で、いやいやと頭を振る。テラポラパネシオの使う力と同種の力をカイトは使えるはずなのだ。ということは、あの理屈を超えた超光速移動も使えるはず。

あの時の様子を思い出し、ゾドギアの形をイメージする。この先にあるのだ、そこに向かって、とにかく速く進むようにと。

「つまりあれだ、ワープってやつをやれってことだね」

『テラポラパネシオの方々からの課題というやつでしょうか』

「そうなんじゃない？　ちなみに普通の船にワープ的な装置はあるのかな？」

『いえ、開発されてはいないようです。急ぎの仕事などの場合、船団にテラポラパネシオの方を最低一個体、雇って同行するのが一般的なようです』

「そうじゃなければ地道に船のスペックで飛べってことか。寿命がない種族特有の気の長さだね」

　ということは、普通の船だったら移動にも難儀していたことになる。浪漫《ロマン》志向のつもりで、いつの間にか正解を引き当てていたようだ。

　脳内での何度かの試行錯誤を経て、手ごたえを感じる。忘れないように、狙いを定めて力を行使していく。

『まったくです』

　エモーションの呆《あき》れたような同意が、少し前に見たような景色に流れて消えた。

＊＊＊

　勝手知ったる、などと言うほど慣れ親しんだものではないが、太陽系の形が見えてくると何《な》故《ぜ》だか懐《なつ》かしさを覚える。

　木星は見えないが、木星軌道付近にあるゾドギアが近づいてくる。

　あちらもカイトを捕捉したのだろう、ある瞬間から引っ張るような力が船の周りを取り囲んできた。

「あとは誘導に従う感じかな。エモーション、所要時間は？」

「およそ二時間、といったところでしょうか。これは解析する気が起きないはずです」

コントロールを預けたからか、人の姿に戻ったエモーションがぼやく。

ゾドギアが近づいてくる。宇宙の黒に紛れるような、黒色の巨大人工天体。

「おや、最初に入ったところとは違う場所に誘導されているようですね」

「そうなの？」

「ええ」

カイトには全部同じようにしか見えないが。

ともあれ、グッバイアース号の時と同じように、船は人工天体の中へと静かに吸い込まれていく。

＊＊＊

船を下りると、そこにはグッバイアース号だけでなく複数の船があった。

「よう、おかえりカイト三位市民《エネク・ラギフ》」

「ディルガナーさん。ただいま戻りました」

出迎えはディルガナーだった。リティミエレは代表と一緒にいるらしい。ディルガナーの用件が終わったら向かって欲しいとのことだ。

「ここは、船着き場ですか」

「ああ。連邦市民向けのな。この前のところは、別の区画ってことになる。ほら、見た目が全然違う種族と最初に出会うと色々ややこしいらしいじゃないか」

「ご配慮いただいたんですね。ありがとう」

エモーションの言う通り、収容された場所が違っている。信頼の証《あかし》と前向きに受け取ることにして、本題であるグッバイアース号の方を見やる。

特に何の手も加えられていない船体は、周りと比べると残念ながら貧相に見えてしまう。ディルガナーはアームを悩ましげに揺らしながら、

「元々、船の件はこっちから言い出すつもりだったんだよ」

「そうだったんですか」

「ああ。このグッバイアース号とやらを材料にして製造したうえで提供しようって話が固まってたんだよ。テラポラパネシオの旦那たちが余計なことをしなければな」

ぷしゅうと耳辺りから湯気を吐き出すディルガナー。やはりこちらでも彼らの奇行には予定を狂わされることが多いらしい。

ちなみにリティミエレが代表の下にいるのも、誰かが見ていないと代表が勝手に地球に向かってしまう恐れがあるからだという。地球のクラゲに対する彼らの情熱を考えればありえる話だ。

なお、代表を監視するのを指示したのは連邦にいる他の宇宙クラゲ。全員意識が繋《つな》がってい

るくせに、抜け駆けは許せないらしい。よく分からない。

「で、どうする？　まさか向こうで資産をさっさと増やしてくるとは思わなかった。ここからどう改造しても連邦製の船より高性能にはならないから、船についてはここでそのまま調整した方がいいだろう」

その辺りは、本職のディルガナーに任せる領分だ。カイトも特に否《いな》やはない。

グッバイアース号への感傷と、あと思いつくのは文化的な側面くらいだが。

「まあ、資料的価値もなくはないが……。スキャンは済んでるから傷まで含めて再構築も簡単でね。正直残しておく意味はないんだ。好事家《こうずか》のコレクションにでもしない限り、このまま解体しても問題はないよ」

「そうですか……」

売っても意味はない。

船に改造するにも使い道がない。解体してしまうのが最善なのはカイトにも分かっていた。

自分のこれからの相棒になる船と、グッバイアース号を交互に見やる。

ふと、脳裏に閃《ひらめ》くものがあった。

「なあ、エモーション」

「なんです？」

「これを分解して、新しい船につけられないかな」

「また妙なことを」

妙だろうか。感傷ではあるが、グッバイアース号はカイトが追放刑以来過ごした家であり、故郷を離れる時に使った船であり、場合によっては墓標にも棺桶《かんおけ》にもなっていたはずだ。

ただ解体して破棄するのではなく、意味のある形で。

カイトの考えを、だがエモーションも否定はしなかった。

否定はしなかったのだ。

＊＊＊

解体にはそれほど時間はかからなかった。愛用の端末だけを取り出した後で、無数のアームが船体に取りつく。

無数のパーツに分解されたグッバイアース号が、それぞれ小さな鋼板へと加工されていく。

「この板を船体の外壁に吸着させるのかい。別に出来なくはないが、装甲の足しにはならないと思うぞ」

「別に構わないですよ。防御のために貼りつけるわけではないので」

やるとなれば、新しいアイデアが湧いてくるのが想像力というやつだ。

鋼板を超能力で操作して、人の手のような形を取らせる。カイトの想像力の限界なのか、腕の部分が変に細く、手の部分が奇妙に大きくなってしまった。

「ちょっとバランスが悪いかな……まあ、腕の太さは実用性に関係ないから別にいいか」

「諦めていなかったんですか、そのアイデア」

エモーションが呆《あき》れ声を上げるのは今に始まったことではないが、隣でカイトの様子を見ていたディルガナーは感嘆の言葉を吐く。

「ほう、船体に貼りつけた鋼板を組み替えて形にするのか。面白い発想じゃないか」

「でしょう？　分かってくれますかディルガナーさん」

「一見無駄にも思えるが、自分の体に近い形の方が細かい操作も出来るものな」

「……まさか足まで生やそうとか考えていないでしょうね、マスター・カイト？」

「船に足なんていらないでしょ。どこを歩こうっていうのさ」

「何でしょう、正論を言われているのに納得いかないこの感じ……」

おそらく皮肉だろうエモーションの言葉だが、今のカイトには届かない。眉間にしわが寄っているが、どれほど人体に似せたつくりになっているのやら。

作った手を動かしてみる。指は動くし、握った拳だけを切り離すことも出来た。意外と使い道は多そうだ。

「システムで応用できると面白いかもしれない。久しぶりにいい刺激をもらったよ、カイト三位市民《エネク・ラギフ》」

「それは良かった」

かけていた力を解くと、結合がほどけてバラバラの鋼板に戻った。地面にがらがらと落ちたそれを、ディルガナーの操る機材が船体に貼りつけていく。

一度超能力を通したからか、鋼板は素直に船体の壁面に吸着していく。鋼鉄とは思えない柔らかさを見せて貼りつく様子は、これまでの常識を覆《くつがえ》す光景だ。グッバイアース号だった鋼板の全てが船体に貼りつく頃には、船体は当初の倍ほどの大きさに膨れ上がっていた。

「腕になる時もあるし、船体表面に偽装している時もある、か。面白いな。だけど、これだと武装の追加は難しいぞ」

「武装かあ……まあ、分離した鋼板を高速で相手にぶつけるって方法もありますし」

それらしく言い訳してみたものの。単純にあまり船に兵器を装着するのは、何だかそそられないと感じるだけだったりする。

とはいえ、改造されてからこのふわっとした感覚はおおむね正解を引き当てているので、今回も直感を優先することにした。

案の定、ディルガナーは虚空《こくう》を見上げて固まったあと、まじまじとこちらを見下ろしてきた。

「あんた、案外えげつないこと考えるんだな」

＊＊＊

鋼板を貼り付けた後は、ある程度外観を整えたところで調整は終わった。

丸々としていた船体は多少前後が分かる程度に流線形を取り戻し、船体前面には台座のような飾りをつけて。

撃沈されない限り、永の相棒となる船がここに完成したことになる。

「あとは、船の名前を決めてくれ」

「船の名前」

「おう。カイト三位市民《エネク・ラギフ》がオーナーであることを連邦の設備に周知しておかないといけないからな。頼むぜ」

最大の問題だ。エモーションから大不評だった自分のネーミングセンス。船体のずんぐりとした形状と、貼りついた無数の鋼板。何となくイメージは湧いているのだが、エモーションからの支持が得られるものかどうか。

と、悩んでいるカイトにエモーションが優しく語りかけてきた。

「私のことはお気になさらず」

「エモーション」

「たとえ私の美意識とかけ離れた名前であっても、オーナーはマスター・カイトですから。場合によっては時々笑ってしまうかもしれませんが、気になさらないでくださいね」

「プレッシャーかかるなあ、もう！」

とはいえ、思いついてしまったからには口に出すほかない。駄目だと言われればもう一度考えれば良いのだから。

「女王蜂《クインビー》はどうだろうね」

「クインビー……？　何故《なぜ》その名前を」

「船体がハチの巣みたいだなっていうのがひとつ。貼りついた鋼板が働きバチみたいに見えたっていうのがひとつ。あとはまあ、フィーリングかな」

「ほほう」

意外なことに、エモーションの反応はそれほど悪いものではなかった。

うんうんと頷《うなず》きながら、噛《か》み締《し》めるように何度も名前を呟《つぶや》く。

「クインビー、クインビー、クインビー。見た目のイメージにも合っていますし、確かに鋼板を働きバチに見立てるという連想も良《い》いですね。意外です。とても良《い》い」

「そ、そりゃ嬉《うれ》しいよ。ありがとう」

「グッバイアース号といい、クインビーといい。マスター・カイトは船へのネーミングセンスについては疑いようがありませんね」

ついては、のところに奇妙なアクセントを入れるあたり、エモーションは自分の名前については未《いま》だに根に持っているようだ。

複雑だが、馬鹿にされないのであればそれで良《い》い。さっさとディルガナーに頼んで船名を登録してもらうことにする。

「クインビーね。登録完了……っと。それではカイト三位市民《エネク・ラギフ》、クインビーはあんたの連邦内での資産として登録された。あんたとエモーション六位市民《アブ・ラグ》の仲間として、永く大事にしてやってくれ」

「もちろんだ。ありがとう、ディルガナーさん」

いつの間にかエモーションには六位市民《アブ・ラグ》の市民権が与えられることが決定したようだ。カイトと比べると低いが、それでも十分に上の市民権だ。議員の皆様がたは随分と骨を折ってくれたのだろう。

ようやく二人とも連邦内での立場を確たるものに出来た。カイトは何となくエモーションへの恩返しがひとつ出来たような気分だ。

「さてと。それじゃあ代表のところに向かってくれ」

「もうひとつの用件でしたっけね」

「ああ。ちょっと困ったことが起きていてな」

「代表が地球に抜け駆けしようとしました？」

「それは何とかうちのスタッフが総出で止めてる。実はな……いや、聞くのは代表からの方がいいか。取り敢《とあ》えずカイト三位市民《エネク・ラギフ》の判断を仰ぎたい案件があるとだけ頭に入れておいてくれればいいか」

「僕の判断？　分かりました。色々ありがとう、ディルガナーさん」

ディルガナーが言《い》い淀《よど》んだということは、ここで追及すると彼にも迷惑だろう。頷《うなず》いたカイトの視界の端で、壁面が動いた。通路が出来ているから、代表たちの方でもこちらをモニターしているようだ。

カイトはディルガナーに頭をひとつ下げてから、エモーションを促して通路に向かった。

＊＊＊

相変わらずの、少しカーブのかかった通路をふたり歩く。前と違うのは、エモーションが飛んでいないことか。

「マスター・カイト。代表の用件は何だと思いますか」

「さてね、見当もつかないや。僕の判断が必要って言うからには地球絡《がら》みなんだろうけどさ」

「まさか、抜け駆けに付き合えとか？」

「あり得るね。クインビーに乗せろとか言われるかもしれないし」

「クインビーの容積だと代表殿の体は入りきらないように思いますが」

雑談を交わしながら、緊張感なく。

酸素が、重力がと言っていたのは、ほんの少し前のことだったはずだが。随分と連邦慣れしてきたと言うか。

通路の終わりが見えてきた。体が軽くなってくるが、超能力で上から押さえることで浮かぶのを防ぐ。

壁面の前に立つと、静かに足元が動く。壁面が横にずれ、奥にいる代表とリティミエレが

―――


『ええい、私の船の準備を進めるくらいはいいだろう！』

「絶対ダメです！　中央星団からの指示はゾドギア単位での移動です！　代表が先行してどうしますか!?」

何やら大声で怒鳴り合っているのが見えた。

無言で踵《きびす》を返《かえ》そうとしたところで、リティミエレがこちらに気付いた。残念ながら目が合う。

体毛の色が虹色に輝いたのには一体どういった意味が。

「カイト三位市民《エネク・ラギフ》！　良かった、待っていました！」

「ど、どうも」

『カイト三位市民《エネク・ラギフ》、行ったり来たりで済まないな。本当はもうしばらく中央星団でゆっくりし

てもらおうと思っていたのだが、相談しなくてはならないことがいくつかあったのでね』

代表も落ち着きを取り戻したようで、触腕の一本をふよふよと振ってきた。

相談しなくてはならないこと。ひとつはグッバイアース号の処遇だったのだろう。他にいくつあるのか。

「カイト三位市民《エネク・ラギフ》も止めてください。代表は自分の船で地球に先行すると言って聞かないのです。地球環境の回復はゾドギアで向かうようにと議会から指示があったのに！」

『生き残ったアースリングのこともあるから、ゾドギアで行く前に誰かが様子を見に行かなくてはならない、それは分かっているだろうリティミエレ君』

「だから！　それに代表が向かわなければならない理由はないでしょう⁉　ただでさえ代表はアースリングと姿が異なるのですよ⁉　内規では外見近しい種族であることが絶対条件ではないですか！」

『そっくりだろう、クラゲと！』

「知性体と似てないでしょうがあぁ！」

二人の言い合いで、何となく代表の主張が透けて見えた。頭の中は地球クラゲ一色なのだ。代表がこれでは、おそらく各地のテラポラパネシオも同じ状態だろう。まさかとは思うが、揃《そろ》いも揃《そろ》って地球に集結したりしないだろうな。

そして。それはそれとしてカイトにも聞き逃せない発言があった。話が進まないので二人を止める。

「リティミエレさん、落ち着いて。聞き捨てならない発言が聞こえたんですが。生き残り？　地球人《アースリング》の？」

「はい。現在、地球上にはおよそ六十万人のアースリングが生き残っています」

聞き間違いではなかったようだ。それにしても六十万人とは。カイトが逮捕された年には、地球上の人口は百三十億を数えていたはずだ。カイトが俗世から切り離されていた間に、そしてそれからの半年ほどの間で何と二万分の一にまで減ったことになる。こうやって聞いてしまうと、地球が何故《なぜ》滅亡したのかが気になってくる。

リティミエレによると、いくつかの地点で十万人ほどの人口が集結しているグループが三つほど、二十五万人の大集団が一つ。残りは地球各地に点在しているらしい。

特に郷愁もないと思っていたが、ある程度詳しく聞くと何とも言えない寂しさを覚える。食事の時にも感じたことだが、木星を目指すと決めた時の自分は、こうなることが分かっていたのだろうか。

「相談、というのは彼らの処遇ですか」

『そうなる。実際に地球での立場がどうだったとしても、連邦はカイト三位市民《エネク・ラギフ》を地球の代表として認定している。我々――連邦としては、同胞を不当に犯罪者に仕立てて宇宙空間に放逐した者たちだ、見捨てても構わないと思っているのだがね』

「それは……お気持ちはありがたいと思います」

代表の言葉に、リティミエレも同意を示す。カイトの境遇に同情的だったこともあってか、地球に住んでいる者たちにはあまり良《い》い印象がないようだ。

代表にしても、地球クラゲに意識の大半を持って行かれていることを差し引いても我々ではなく連邦と言い直している。彼らの生態を考えると、その言葉は連邦の総意と取っても問題はないことになる。

自分の感情だけで発言してはいけない。視線を伏せて、どうするのが最善かと考える。

「……その六十万人に、連邦の市民権を付与することは出来ますか」

『不可能ではない。市民権は年齢などを問わず十三位に固定となるが、六十万人を収容できる居住区も即時用意できるだろう。良《い》いのかね？』

「エモーションが保持していた地球の文化は、僕の所有物というよりは地球人《アースリング》の共有財産だと思うんですよ。クインビーの代金は大目に見てもらうとして、彼らに還元しておけば気が楽というのもあります」

『成程。つくづく君は連邦市民向きだよ』

「本当ですね。どうせあいつらに回収されるみたいですから、放っておいても良《い》いくらいですのに」

「え？」

またひとつ、リティミエレの言葉を聞きとがめる。あいつら。文脈からすると地球人《アースリング》のことではないようだが。

「リティミエレさん、あいつらとは？」

「連邦に所属していない連中ですよ。どこで聞きつけたのか、少し前から地球に下りてアースリングと接触しています」

「別の文明人……？」

『厳密には別ではないな。彼らは元々連邦に所属していた種族だ。度《ど》し難《がた》い禁忌を犯したのでまとめて放逐されたがね。……議会で聞いたろう、君たちの星に細工をしたという連中の縁者だ』

代表の補足にふむと唸《うな》る。

実際に接触を始めたのは、カイトが中央星団に向かったすぐ後らしい。文明が崩壊して半年は様子見だったのだろうとはリティミエレの言葉だ。ゾドギアが監視を続けていたから近寄らなかっただけで、観測は続けていたようだ。

地球に踏み込んだのは、ゾドギア内部に動きがあったのを確認したからのようだ。滅亡した『罪の子の星』からは連邦は撤退するのが常だから、撤退の準備を始めたと判断したと見える。

実際は地球環境の再生に向けての準備だから、見当違いも甚だしいのだが。

「何故《なぜ》、彼らは地球人《アースリング》を回収するんでしょうね」

『神様ぶりたいのだろうさ。救いの手を差し伸べて、救ったふりをして連邦に加盟していない文明の好事家《こうずか》どもに売り飛ばす。希少種族などと銘打ってな』

「それは……」

「そういうことをしたがるから連邦から追放されたと聞いているんですけどね。そのくせ連邦への再加入申請は何度もしてくるんですよ。調子が良《い》いったら」

リティミエレが毒づく。地球人《アースリング》にも、その異星人にも良《い》い印象がないというのはよく分かった。

だが、地球人《アースリング》の先行きが人売りの末路となるなら尚更《なおさら》だ。自らその道を選ぶならともかく、先達としては選択肢を用意するのが筋だろう。

『連中の傲慢も目に余っていたところだ、都合が良《い》いと考えよう。カイト三位市民《エネク・ラギフ》の選択により、アースリングは連邦市民となった。人身売買などという不当な扱いを許すわけにはいかない』

「その通りですね。どうやら、既に連れて行かれたアースリングもいるようです。急ぎましょう」

連邦の側も既に行動には移していたらしい。カイトが連邦と接触して、地球時間で三日ほど経《た》っている頃だ。一日や二日で既に人を移動させ始めているとは、流石《さすが》に宇宙規模の人さらい、行動の速さもカイトの常識を上回っている。

監視ドローン（地球人《アースリング》の語彙ではそう表現するしかない何か）が映している映像を見て、カイトは自分の表情が凍りついたのを自覚した。翼の生えた人間と親しく会話している人物、集団の代表に近い立場だろうか。どこかで見たような気がする。人相は悪くないが、あまり良くない人物だという直感があった。

「マスター・カイト？」

「エモーション。映像の真ん中右奥、白髪の男……僕はあれに見覚えがある」

「……確認終了。マスター・カイト、あの男はギルベルト・ジェインです！」

エモーションも珍しく声を荒らげる。

人当たりの良さそうな、白髪の男性。多少老いた風貌ではあるが、間違いない。カイトよりも七年早く地球から追放された、そして量刑は終身刑だった男だ。

ふたりの様子に、リティミエレが体毛の色を白く変えた。

「知り合いですか？」

「直接は知りません。ですが、僕たちの世代では教科書に載るほどの重犯罪者として裁かれた人物です」

ギルベルト・ジェイン。

思想犯として濡《ぬ》れ衣《ぎぬ》じみた形で追放刑に処されたカイトと違い、明確な証拠と証言によって裁かれた男だ。

その罪状は。

「人身売買と、戦争幇助《ほうじょ》。この男の舌先だけで、百万の人間が命を落としました」

奇妙なほどに今の地球人《アースリング》の状況に近しいものだ。

閑話
ギルベルト・ジェインという男

Traveling through
the galaxy together.

Former prisoner and guard of a space prison leave
a ruined earth and head for the stars

その男が生まれた場所は、定《さだ》かではない。

どの国にもある貧民街の、親の顔も知らない子供たちの一人として遊んでいたのが最も古い記憶だと調書にある。

命の価値がパンより低い貧民街で、生きるためには何でもやったという。

記録はないが、十代前半までには三人ほど殺害していたようだ。

元々の顔立ちと地頭の良さで、貧民街の少年少女のリーダー格となった彼は、孤児院にやってくる大人たちを見て商売を思いつく。

資産家たちの家に子供たちを文字通り売り込む人身売買。

孤児院のオーナーである老婦人に巧みに近づき、彼女の仕事を引き受けるほどの信頼を勝ち得るまで一年。文字についてはその時に覚えたと供述している。

仕事を任されてからは早かった。抱き込んだ服屋と、寝床にしていた娼館《しょうかん》の店主を仲間に引き入れて少年少女をちょっとばかりおめかしさせたのだ。

客に糸目はつけなかった。我が子になってくれる子を探していた真面目な夫婦でも、小綺麗《こぎれい》な男子に邪《よこしま》な感情を抱いていた富豪であっても、値段次第で平然と引き渡した。

実際、貧民街の子供たちにとってはどんな里親でも満足だっただろう。その国の貧民街はまさに地獄だったからだ。貧民街で暮らす子供が、大人になれる割合は十人に一人に満たない。子供たちにとって、屋根のある寝床を行き先に選んでくれる彼はヒーローであったし、実際に彼自身も自分のしていることが良《い》いことだと、ある程度の年齢まで信じていたようだ。

＊＊＊

人の命は金になる。それがギルベルトの学んだ結論である。

ギルベルトは巧妙だった。家族を失った子供たちを孤児院に集め、思想教育を始めた。権力者を恨み、その権力を利用して、国に復讐《ふくしゅう》しろと刷り込んだのだ。

権力者たちには、親を喪《うしな》った子供たちを引き取っていると周りに喧伝《けんでん》するだけで印象が良くなりますよ、という触れ込みで孤児を売りつけた。多くがその提案に飛びつき、子供たちを引き取った。

彼らがどんな思想を植え付けられているか知りもせずに。

＊＊＊

十五年後、その国で革命が起きた。権力者の家族から参加した者が多く出たために、首都は三日と保たずに陥落。当時の権力者たちはそのほとんどが首を刈られ、革命政権が成ったのである。

革命政権で大統領に推されたのは、ギルベルト・ジェインであった。

自分は一度として表舞台に立つことなく、人の命を商売にして五十歳手前で頂点まで上り詰めたのである。

＊＊＊

だが、その転落もまた早かった。ギルベルトは人身売買については玄人《くろうと》だったが、政治に関してはまったくの素人《しろうと》だったからである。

二年にわたる独裁の後、ギルベルト・ジェインは国家元首から転落。政治犯として逮捕され、追放刑に処された。処刑されなかったのは、自身が貯《た》め込んだあらゆる財産との引き換えだったと伝わっている。

＊＊＊

地球における社会の崩壊とかを理由に、終身刑だったはずの追放刑の刑期が終わったことで、ギルベルトは約十年ぶりに地上に帰ってきた。

筋力が落ちていたことで、最初は立ち上がるのにも随分と苦労した。戻って来た最大の目的は、復讐《ふくしゅう》である。自分を裏切った者たちへの復讐《ふくしゅう》。

だが、そんな感情も色あせた地球の光景に砕け散ることとなる。復讐《ふくしゅう》しようと思っていた連中など、一体どれだけ生きていることか。

彼が辿《たど》り着《つ》いたのは、母国ではなかった。髭《ひげ》を生やし、髪で顔を隠すことで別人に成りすましたギルベルトはダモスと名乗り、生き残った人々をまとめていく。食糧を探すには、人手があった方が便利だったからだ。

だがそれも、ある時を境に行き詰まる。人が集まりすぎたのだ。

「随分と上手《うま》くやるものだ。まるでこういうのに心底慣れているように」

「なんだ、あんたたちは」

「君たちと祖先を同じくするものだよ」

少ない食糧をやりくりしながら、次の食糧と水を求めて涸《か》れた大地を歩く。このままでは誰かを殺して喰《く》わなくてはならないだろうな、と考えていた頃に接触してきたのが『ディーヴィン人』を名乗る者たちである。

たった五人の『ディーヴィン人』は、地球の科学技術でも見られないような高度な技術を持っていた。

「我々は、君たちを救いに空の果てから来たのだ」

ギルベルトは当初その言葉を世迷言《よまいごと》だと思っていたが、彼らが当座の食糧を用意してみせたことで、当面その言葉を受け入れることにした。目の前で見てもなお、ディーヴィン人が食糧を作り出した方法が理解できなかったからだ。

利用できる間は利用し、出来なくなれば他に売りつければ良い。これまでにもやってきたことだ。

この地に来れば食べるものには困らない。

そんな噂《うわさ》が不思議と広まり、地上に降りて半年を数える頃には集落の人口は何十万と増えていた。

そんなある日、ディーヴィン人たちはギルベルトに告げた。

「本隊が来る。最初に船に乗る者たちを決めておいておくれ」

「船？」

「そうだ。この星はもう死にかけている。君たちがこの星で永らえる未来はもうないと見てい

いだろう」

いよいよ来た。そんな実感があった。

ギルベルトは大きく頷《うなず》くと、口《くち》の端《は》を大きく歪《ゆが》めた。

「それで？　何人売れれば俺の立場は良くしてもらえるのかね」

ディーヴィン人の一人が、同じような禍々《まがまが》しい笑みを浮かべる。

気付いていたのか、と笑う。

当たり前だ。自分がこれまでやってきた事とやり口が同じなのだから。

「十万というところでどうだ？」

「売った」

売れそうなのはそっちで勝手に見繕え、と言ったギルベルトは、清々《すがすが》しいほど曇りのない笑顔だった。

＊＊＊

十万人を乗せた船が、地球を離れていく。ディーヴィン人の一人が船のデッキでほくそ笑んだ。

売り先はほとんど決定済だ。久々の大口の商売が上手《うま》く行ったことが嬉《うれ》しくて仕方ない。

連邦の絶対要塞ゾドギアが動いた。これまでの経験上、監視対象だった地球を放棄して立ち去るだろう。上が動いたのもそれが理由だ。

笑みを消して、ひとつ溜息《ためいき》。

「連邦への再加入に必要な資金は、あとどれくらい必要だろうな」

「分からん。上も困っておられる」

ぼやきに答えたのは、同じく地上に降りていた先遣隊の一人だ。

「陛下たちはそろそろ限界なのではないか？」

「俺たちも同じだ。連邦の市民権を再獲得できなくては、我らに未来はない」

「くそ、せめてあのシステムを買い取ることが出来ればな」

連邦からの追放によって生体情報を破棄されたディーヴィン人たちは、死後の再生を取り上げられた状態だ。命のバックアップがない、そのストレスは彼らの精神を深く蝕《むしば》んでいた。

考えていると神経が尖《とが》る。話題を変えるべく、ふとした疑問を口にする。

「そういえば、あの定命人どものことだが」

「うん？」

「なぜアレを選んだのだ？」

ディーヴィン人たちは、保護の名目で商品を連れ去る前に代表者の人選を行う。ギルベルトは代表者候補としては二番目の人選だった。

「あの総師と呼ばれていた女でも良かったではないか。あれはあの男よりも随分と優秀だったぞ」

「あれは駄目だ。男の方は良《い》い」

「何故《なぜ》だ？」

「あの女は、定命人の未来のために行動していた。あの男は自分の欲望のために行動していた」

「それが？」

「分かりやすいのさ。餌さえ用意しておけば、こちらを上手《うま》く利用しようと動くだろう」

自分のためだけにな、という答えに、深く納得する。

目をつけていた代表者のうち、ディーヴィン人たちの条件に適《かな》ったのはギルベルトの方だった。

「あの女を壊した理由もそれか」

「ああ。放っておいたらこちらに敵対したはずだ。危険ではないが面倒だろう？」

「確かに。……そうだ、奴《やつ》に連邦の市民権を取らせてはどうだ」

「ふむ？　あの男の知恵でシステムをこちらに流させるか」

「あるいは定命人どもに紛れて、こちらが市民権を得るという方法もあるかもしれん」

それは良《い》い。

ディーヴィン人の最終目標は、連邦への復帰だ。自分たちの同輩が未開惑星に植え付けた命の種は、彼ら種族の遺伝情報を元にしている。

彼らにとって、死が終わりである地球人《アースリング》たちは、自分たちより格下の存在でしかない。定命人と蔑む理由もそれだ。だからこそ、連邦に復帰して命のバックアップを復活させたい。自分たちが彼らとおなじ定命人であり続けることが許せないからだ。

死への恐怖を、定命人への差別に置き替えながら。

ディーヴィン人の船の第一陣は、哀れな地球人《アースリング》たちを売却先へと運ぶのだった。

第四話
スペースオペラの主役を張るには

Traveling through the galaxy together.

Former prisoner and guard of a space prison leave a ruined earth and head for the stars

カイトの意向は、比較的問題なく受理された。値付けの最中だった地球の文化情報の売却は、終わり次第カイト本人ではなく連邦に参加した地球人《アースリング》の共有資産となる。

『今の時点でも、おそらくアースリング全員が十位市民《ゴドブレ・ア》になれる程度の資産になっていると見て良いだろう。七位市民《テトナ・イルチ》以上であれば天然惑星への居住権が得られるから、そこからはアースリングの努力次第となるが』

「十分です。そこからは彼ら自身がどう生きるか決めればいい」

人類の指導者たるべしと育てられたカイト・クラウチとしての、これはきっと最後の仕事だ。地球人類を連邦という新たな枠組みに導くという。

地球への移動は、ゾドギアに先行してクインビーで向かうことにした。この巨体で乗りつければ、地球人《アースリング》を変に威圧しかねない。クインビーに乗り込み、意思を力に変えていく。リティミエレたちもすぐ後ろから来てくれるという。代表だけはゾドギアを移動させなくてはならないから居残りらしい。

我慢が保ってくれるといいが。

ディーヴィン人と名乗る彼らの第一陣は、すでに地球から立ち去ったという。どうやらテラポラパネシオの助力が期待できなくなったことで、別の移動技術を開発したものらしい。科学力で達成されるワープとなれば、古典SF好きの血は騒ぐが。

「行こうか、エモーション」

『はい、船長《キャプテン》』

「キャプテン？」

『クインビーの主なのですから、こちらの方が良《い》いかと。マスターの方がお好みであればそうしますが』

「いや、キャプテンの方がいいね。キャプテン・カイト……いいじゃない」

画面に誘導路が表示される。どうやらゾドギア側の準備が出来たようだ。

前進。カイトは強くそう念じた。

＊＊＊

『成程。とても上手にあの船を扱っているな』

「ええ、驚きました」

飛び去っていくクインビーを見ながら、リティミエレは自身の船の準備を進める。念話をかけてくるのは代表だ。正直邪魔だが、内容がカイトのことであるから会話に応じる。

リティミエレの船、通称『突撃艇アガンランゲ』は船長であるリティミエレの他に、スタッフ四人で運用する船だ。出航準備が整うまでは、多少は余裕がある。

「あれは本当に代表たちの運用する船と同種なのですか？　テラポラパネシオ以外の種族がまともに動かすことは出来ないと聞いていますが」

『あの船がディ・キガイア・ザルモスであるのは間違いない。カイト三位市民《エネク・ラギフ》に適性があるのは分かっていたが、まさかあれほどとはね』

「……ふむ。そうすると、アースリング全体がそういう性質の種族であるとは考えられませんか？」

『それはない。観察記録の中に、アースリングがこの力を日常的に使っていたという記載はない。あれはカイト三位市民《エネク・ラギフ》自身の特異な才能であると考えるのが妥当だ』

代表の言葉に、リティミエレは小さく安堵《あんど》した。体毛が青く明滅する。カイトという個人は信頼のおける好人物だが、総体としてのアースリングは種としての成熟度を見れば信用できないと判断せざるを得ない。そんな種族がテラポラパネシオと同種の力を操る才能を持っていたら。

ディ・キガイア・ザルモス。テラポラパネシオ以外が使えば単なる欠陥のある船に過ぎない。だが、超能力によって動くその船の力を十全に発揮できた場合、星さえも破壊できる最終兵器になり得る。事実として、歴史として。テラポラパネシオはただ一隻の船で星団規模の軍勢を討ち滅ぼした記録が残っている。

その心配がなくなるだけでも、多少は安心できるというものだ。

「そうなると、なぜカイト三位市民《エネク・ラギフ》だけに才能があったのでしょう」

『偶然……ではないだろう。我々は、彼が追放されたという境遇がその才能を後天的に獲得させたのだと思っている』

テラポラパネシオを始めとした連邦では、その力を『外部空間への意思の発出による物理干渉』と名付けた。

そういった能力を付与する系統の肉体改造は早期に開発されたが、どれほどの訓練を積んだ者でも、カイトのように自在にディ・キガイア・ザルモスを操る者はいない。

『地球の言葉を借りると超能力だったな。この力は、言葉で定義するならば『個の拡張』と表現するのが最も近い』

「個の拡張、ですか」

『例えば、伸ばした手が届かないところにある食物を取るために、知性体であれば道具を使うだろう。道具を作るという方法もある』

「はい。それはそうですね」

『高所に登るために運動能力を高める者もいるだろうな。前者は知恵で、後者は成長で得られる。だが、それを待てない場合もある』

知性体は大なり小なり社会性を持つ。だからこそ協力しあうことが出来るし、互いに負担を分担して、単独ではなし得なかったことを完遂することも出来る。

種族の成長とは、個の成長よりも社会の成長という側面が強い。だからこそ、個の拡張と社会の成長は相性がそもそも良くない。

『個の拡張とは、自分以外に頼れない者が、知恵も肉体の成長も待てぬ時に、ただ意思の力で肉体より外に己の枠組みを広げること。我々の力を研究していた学者はそう言っていたよ』

「だから、連邦に所属している私たちにはその能力は根付きにくいと？」

『そうなる。我々は群体であるが、それゆえに全ての個体が意思を共有している。つまり、社会性を持ちながらも個であるのだ。だからこそ個の拡張が可能だった、ということらしい』

超能力を会得《えとく》するには知性体であることが必須条件だが、同時に社会と切り離された個としての拡張が必要とされる。自由であるが、同時に完全な保護のうちにある連邦市民では個の拡張が難しい。リティミエレはその学説に深く納得を覚えた。

「そうなると、カイト三位市民《エネク・ラギフ》は」

『勝手に利用され、謂《いわ》れなき罪で逮捕され、追放刑に処された。本人に自覚があるかどうかは分からないが、彼はおそらく』

同種である地球人《アースリング》を、既に心底から見限っている。

地球人《アースリング》の肉体を持ちながら、その精神は既にカイト・クラウチという個の生命として完成してしまっている。だからこそ、カイトは超能力を会得《えとく》し、テラポラパネシオさえも驚く水準で運用できているのだろう。

だが、それはとても悲しいことではある。せめて、連邦の仲間たちに心を許してくれればとリティミエレは思う。

「代表。カイト三位市民《エネク・ラギフ》の力は、連邦市民として生きていれば弱まっていくのでしょうか……？」

『さあな。案外、連邦の庇護《ひご》すら求めないかもしれんよ』

突き放したような代表の言葉を、否定したくてもその言葉は出てこない。

「リティミエレ副代表、準備できました！」

リティミエレはそれを、船の出港準備が整ったからだと自分に言い聞かせた。

＊＊＊

行く道では半年かかった距離も、船の性能が上がったことで帰り道は半日も経《た》たずに辿《たど》り着《つ》くものとなっている。

とはいえ、ディーヴィン人に気付かれるのは良くない。カイトはクインビーを小惑星に偽装させるべく、近くを通っていた岩石を引き寄せようと試みた。

外壁から剝がれた数枚の鋼板が、カイトの力を受けて空間を飛翔《ひしょう》する。互いを不可視の力場で繫《つな》いで岩石を取り囲み、クインビーへと移動させる。合わせてクインビーも減速し、岩石に寄り添うような機動を取った。

『器用なものですね、キャプテン』

「まあね。よし、確保」

腕を生やしたクインビーが、しっかりと岩石を摑《つか》む。

あとは地球に向かって飛ぶだけ。大気圏まで突入したら、手を放して地上に向かえば良い。方向を転換し、地球へのコースを取る。エモーションのナビゲートは完璧だ。

『キャプテン。かつての発言を撤回します。便利ですね、腕』

「だろう?」

パチパチと髪が紫電を纏《まと》う。

次の段階はどうすればいいのかな、と髪を触りながら考えていると、エモーションが呆《あき》れたように言ってくる。

『ところでキャプテン。その髪ですが……力の無駄使いなのでは?』

「何を言ってるんだエモーション。超能力は想像力がモノを言うんだ、カッコよさを追求すればするほど強くなるに決まっているじゃないか」

『……きゅるきゅるきゅる』

とうとう音ではなくて言葉として使い始めた。

言いたいことがあるなら言えばいいと思う。聞き入れるかは別問題として。カイトは取り敢《とあ》えず話題を変えることにする。

「さ、これが最後のお務めだ。終わったらこの船で色々なところに行きたいねえ」

『色々なところとは？』

「まずは連邦の他の居住星団だろ、居住惑星にも興味はあるね。あらかた見回ったら、今度は連邦の領域の外にも行ってみたいかな」

『それは面白そうですね。ところで、ディーヴィン人に連れ去られた地球人《アースリング》のことはどうしますか』

その疑問に、カイトは思わず頭を抱えた。

どれくらいの人数が連れて行かれたかは知らないが、さすがに見捨てるのは寝ざめが悪い。

「それがあったかあ……。そっちを優先しないとね」

とはいえ。全員をカイトが助ける必要はないだろう。

「ま、それについては連邦の皆さんからも力を借りるとしようか」

『おや』

「どうしたのさ？」

『いいえ。連邦を頼るとは思いませんでしたので』

「連邦市民なんだから、頼るさ。僕は別に孤立主義者じゃないよ」

『……それは失礼しました』

心底意外そうに言ってくるエモーションに、カイトもまた「きゅるきゅるきゅる」と言ってやろうかと思うのだった。

＊＊＊

地球が近づいてきた。赤茶けた色合いが増しているように見える。周辺には人工衛星のたぐいが見えているものの、ディーヴィン人の船と思《おぼ》しき船体はなさそうだ。

後ろからはリティミエレを始めとした、連邦の船がついてきている。地上にどれだけディーヴィン人がいるかは分からないが、遠からずリティミエレたちには気付くだろう。そちらに意識が向いているうちに降りておきたい。

「エモーション。このまま大気圏に突入する」

『分かりました。地球での行動方針は』

「着陸よりは着水の方が自然かな？　無事に着いたら別行動だ。僕は地上に降りて連中の集落に合流するけど、エモーションには別途頼みたいことがある」

『別行動ですか？　あまり推奨できませんが』

「大事なことだよ。かなり大事だ」

ある意味では、地球人《アースリング》の保護よりも大事かもしれない。

『それは？』

「地球クラゲの保護。あの海の様子だ、テラポラパネシオの皆さんが来る前に絶滅していたなんてなったら……」

『了解しました。最優先で保護します』

「分かってもらえて嬉《うれ》しいよ」

即答だった。エモーションも正しく現状を理解しているようで何よりだ。

普段、過剰なほどに理性的で合理的な彼らがあれほど狂乱するのだ。既に絶滅していたなんて話になったら、地球人《アースリング》の保護という話自体が吹っ飛びかねない。

と、岩石と船体に引き込むような力がかかるのが分かった。地球の影響下に入ったようだ。

揺れはない。岩石は赤熱を始めているが、クインビーには一切の影響がないようだ。今更ながら、連邦の技術力の高さを思い知る。

『キャプテン・カイト！　減速を――』

「いや、必要ないよエモーション」

ほぼ自由落下のクインビー。エモーションから警告が飛ぶが、カイトは自信を持って画面の向こう、近づく海面を静かに見やる。

「静止しろ、クインビー」

ぴたり、と。あらゆる法則を嘲笑《あざわら》うかのように、クインビーは海面すれすれでその動きを止めた。

「ね？」

『……一応言っておきますが、キャプテン』

「何だい？」

『カタログスペックを確認する限り、連邦の船でもこんな無茶な制動は普通はありえませんので、クインビー以外ではやらないように要請します』

「大丈夫だよ。クインビー以外を操縦するつもりはないから」

ぎゅるぎゅるぎゅるる、と。

何やら普段より強い音がエモーションから響いた。アップデートは表現方法まで豊富にするのだろうか。

＊＊＊

海中の探索はクインビーに乗ったエモーションに任せて、カイトは超能力で低空を飛行しながら人類の密集圏を目指す。人が増えてきたら徒歩に切り替える予定だ。クインビーについては、地球の反対側程度の距離であれば呼べばすぐ来るという確信がある。

地上に降りてみると分かるが、赤茶けている部分と自然の配色のままの部分が綺麗《きれい》にコントラストになっている。まるで赤茶けた部分だけが、何かによって活力を奪われたように見える。

赤茶けた部分は、植物であれ被造物であれ乾き果て、風化し始めているようだ。通ってきた何ヶ所かでは、既にコンクリートの建物の残骸が風で崩れ始めていた。まだ活力の残っている部分についても、都市部に人の気配はない。

ライフラインが寸断されれば、街に残された命とはそこに置かれた商品程度しかない。電気や水、そういったものが機能している気配もなかった。

「しまったな、エモーションと一緒に来た方が良かったかも」

地球上から、九割もの人間が死滅した。人間以外の生物はどうなったのだろうか。呼吸できるのだから、植物はまだしぶとく生きているのだろうけれど。社会が壊滅したと聞いてから半年経《た》つのだから、その間に食糧不足や病気で相当数の死者は出たのだろうが、それにしても。

こういう時こそ、エモーションのセンサーが役に立つのだが。

空中から見える、赤と緑のまだら模様。放置された人骨がたまに風に吹かれて転がっていく。この辺りにはもう誰もいないようだ。

少し急いでも大丈夫だろうか。ディーヴィン人とギルベルト・ジェインの観測された座標へと意識を向ける。

「さて、僕も行くとしようかっ！」

髪の毛だけでなく、全身から紫電が舞う。

次の瞬間、カイトの体はまるで弾丸のように天高く舞い上がるのだった。

＊＊＊

安堵《あんど》。

エモーションがまず感じたのは、テラポラパネシオの不興を買わなくて済むという安心だった。

カイトほどではないが、クインビーを動かす程度のことはエモーションにも出来る。海中をクインビーで泳ぎ回り、生態系の現状を確認する。

地上と比べて、意外なほど海中は影響が少なく見える。もしかすると既に連邦の手が入ったのかとも思ったが、死んだ生態系がそれほど早く回復するわけもない。地上と海中では滅亡の比率が違うと見るのが自然だろうか。

「まあ、キャプテンの懸念《けねん》は解消できたから良《い》いことにしましょうか」

船内で出来る範囲の作業ならともかく、船外作業になると球体型よりも人型の方が都合が良《い》いことも多い。エモーションにとっては新鮮な感覚だった。

エモーション自身にはカイトの使うような超能力はないが、元の人格以外はほとんど連邦製に置き換わった機械知性だ。地球製の被造物程度であれば、どのように加工するのも容易である。海面を漂っていた廃船を改造して、必要なものをでっち上げるくらいのことはすぐに出来る。

即席の、地球クラゲ専門の水族館。

こんな狭い空間に押し込めて、と違う意味での不快を感じさせてしまう恐れはあるのだが、その時には静かに海に戻せば良い。

「それ程待つ必要があるとも思えませんし、ね」

空を見上げる。

地上からは宇宙の動きは観測できないが、エモーションには分かる。

ゾドギアで焦《じ》れている代表。そしてそのゾドギアに急いでいるテラポラパネシオの大群。

宇宙クラゲの大群が地球に下りてくる様を見て、地球人《アースリング》たちはこの世の終わりだとか思わないだろうか。

「まさか、生身で下りてくることはないでしょう。……多分」

エモーション自身、テラポラパネシオの奇行に関してはカイトよりも信用できていない。この場合、種族的にまったく別の価値観を持つ宇宙クラゲと比較対象になってしまうカイトがおかしいのか、奇行度合いの比較でサンプルになるのがその二者しかいないエモーション自身の見識が狭いのか。

彼女はその答えを考えないことにした。

＊＊＊

箱舟の港《ポートオブアーク》。

どうやらその集落にはそんな偉そうな呼び名がつけられているようだ。

そこに行けば食べ物に困ることはないらしい。そこに行けば天の使いに迎え入れてもらえるらしい。ぽつぽつと見かけた生き残りたちは、皆その噂話《うわさばなし》にすがって集落へと向かっていた。向かう途中で力尽き、行き倒れた者の姿も増えてきた。倒れた者に手を貸す者はいない。この半年で、誰もが人に手を貸せる状況ではないと思い知ったのだろう。

人の視線を避けながら進むこと半日。街並がようやく見えてきた。

なるほど、人が多い。元々比較的被害の少ない都市に流れ着いたのだろう。ライフラインはともかく、久々に懐《なつ》かしい街のすがたを見たような気がした。

地上に降りて、徒歩で街に向かう。さすがに連邦製の服では目立ちそうなので、廃墟《はいきょ》で調達しておいた大きめの服を着こむ。あとは日差しを避けるようにぼろ布を被《かぶ》っておけば、見た目には違和感はないはずだ。

「ようこそ、人類に残った最後の希望！　箱舟の港《ポートオブアーク》へ」

「よく生きてたどり着いたな。おめでとう」

街の外周でこちらを迎え入れてくれたのは、それなりに小綺麗《こぎれい》な格好をした男二人だった。門番のつもりだろうか。血色は良《い》いものの、さすがに水は貴重らしい。塵埃《じんあい》と土のにおいが少しばかり鼻についた。

銃とも杖《つえ》ともつかない道具を提げているが、三年前のカイトの記憶にもないデザインだ。崩壊前の地球製武装というより、ディーヴィン人から与えられたと見た方がしっくりくる。

思ったよりすんなりとカイトは中へと通された。周囲を見ると、通されたのはカイトだけではない。基本的には全員受け入れるつもりのようだ。

「最後の希望、ねぇ」

何となく、彼らの後ろにいるディーヴィン人の意図を察する。地球人《アースリング》はみな商品なのだ。多少暴れても、制圧して大人しくさせてしまえば良いという考えなのだろう。

この状態の地上を棄《す》てて、宇宙に行けるのであれば確かに希望と言っても良いだろう。生きるか死ぬかの状態だ。宇宙人に売り飛ばされたとしても、食うに困らないなら構わないという者だっているかもしれない。

だが、同じく食うに困らないなら、ある程度は自由であった方が良《い》い。それ以外に方法が存在しないのならともかく、連邦市民になる道があるのであれば、選択肢くらいは与えられても良《い》いはずだ。

「さて、偉ぶりたい奴《やつ》ほど真ん中に住みたがる……っと」

街の中央に見える、Y字にもT字にも見える巨大なオブジェ。形から判断するに、空から降りてくる船をつける港の役割なのだろう。

オブジェに向かって跪《ひざまず》いている者もいる。連邦の記録映像で見たディーヴィン人の姿は、翼の生えた人間のようだった。意外と似ていると思ったカイトだったが、連邦の判断基準ではディーヴィン人は腕と足と羽とで機能肢が六本、地球人《アースリング》は腕と足で四本だから全然似ていないという評価らしい。彼らの基準だと地球人《アースリング》はディーヴィン人より、リティミエレの種族の方がはるかに似ていることになるようだ。種族数が多いと、基準も違うのだなあと感じたカイトである。逆にディーヴィン人の方は、小人族のアディエ・ゼなどが近いことになるらしい。

ともあれ、ディーヴィン人の姿を見て救いの天使などと感じる地球人《アースリング》はかなり多いだろう。比較対象がテラポラパネシオだったりすると、同郷のカイトであっても自信を持って連邦においでと説得できる自信がない。そういう意味では最初に出会ったのがリティミエレで本当に良かった。

そんなことを考えながら歩いていたからか、カイトはすぐ近くにいる者の気配に気付けなかった。

「待ちなさい。そこから先はダモス代表に近しい人か、箱舟に認められた人しか入れない区画よ」

　かけられた声に、済まないと返そうとして振り返り。

「……レベッカ？」

「カイト？　カイト・クラウチ？」

　それが知人だったことに気付いて、カイトは思わずその名を呼んだ。

　レベッカ・ルティアノ。カイトと同じく、結社によって育てられた指導者候補であり、次期指導者の座を最後までカイトと争った女性。

　驚いたのはこちらだけではなかったようだ。大きな目を更に見開いて、レベッカはこちらに歩み寄ってきた。腕を摑《つか》まれる。

「生きていたのね……！」

「ああ、どうにかね」

　感極まった様子のレベッカに、カイトの胸にも温かいものが広がる。

　自分を利用しようとした大人たちと違い、同じ時間を過ごした仲間でもある。ライバルのような立場でこそあったが、感情的には最も近しいと言っていいだろう。

　しばらく立ち尽くしていたレベッカだったが、頭を振ると摑《つか》んだままの腕を引いてくる。

「ついてきて。ダモス代表に紹介するわ。私と一緒に宇宙へ行きましょう」

「何だって？」

「私は次の船に乗る予定なの。最初の船では十万人が先行したわ。次で二十万。見知らぬ新天地に向かう人たちをまとめるには、私たちのような優秀な人間が必要だわ。違う？」

「君はダモス代表に近い立場なのか」

話を聞く限り、ダモスこそがギルベルト・ジェインであるのは間違いなさそうだ。やはり名前を変えていたか。

「ええ。貴方《あなた》がいなかったからね。私はあの後、次期指導者の最側近としての教育を徹底して受けたから。補佐役として優秀なのよ、私」

「君が優秀なのはよく分かっているさ」

最後まで次期指導者の立場を争った相手だ。カイトはむしろ、彼女こそが次期指導者に選ばれると思っていた。誰よりも向上心が強かったからだ。だが、そんな彼女が側近としての教育を受けた。それを誇らしくすら感じているようだ。カイトが自分の上に立つことを受け入れていたのだろうか。

レベッカはダモスがギルベルト・ジェインであるとは気付いていないようだ。ディーヴィン人との交渉をまとめ上げ、地球人《アースリング》を次なる居場所へと導く聖人と思ってさえいるようで、歩きながらダモス代表の素晴らしさを説明してくる。レベッカの様子から一瞬別人かもしれないと思ったが、判断を疑う余地は残念ながらあまりない。ダモスはギルベルト・ジェインだ。その仄《ほの》かな疑念がレベッカへの同情心から出たものに過ぎないことを、カイトは自覚している。

「ダモス代表は素晴らしい人よ。貴方《あなた》にも劣らないくらい。ディーヴィン人の皆様も代表の素晴らしい人柄を知ったから接触したに違いないわ」

人は自分の信じたいものだけを信じる。そんな言葉をふと思い出した。誰の言葉だったか。

レベッカの目が曇っているとは言いたくないが、事情を知っていると少し可哀想《かわいそう》に思えた。

だが、ここでそれを言っても仕方ない。

「それで？　貴方《あなた》はどうやって生き延びたの？　苦労したでしょう」

「いや、そうでもない。思ったより快適だったよ」

「無事なプラントでも見つけたの？　まあ、貴方《あなた》のことだから、いつだって余裕な顔で乗り越えてきたんでしょうけど」

「買い被《かぶ》りだよ」

勝手にこちらが生き延びたストーリーを組み立ててくるレベッカ。特に否定する必要もないので、ふわっと話を合わせることにする。

と、レベッカが足を止めた。その視線の先にあるのは、街の中でもそれなりに大きな建物だ。中央のオブジェとは比べるまでもないが、権力者の屋敷《やしき》として見るならば、それなりの規模だと言えるだろう。

物々しい雰囲気をさせている門番たちの前に立つと、彼らはレベッカに揃《そろ》って敬礼する。

「これはルティアノ様。そちらは？」

「優秀な人材よ。私なんかより遥《はる》かに、ね」

「まさか！　ルティアノ様より優秀な人材など」

「通してもらえる？　ダモス代表に紹介しなくちゃならないの」

「……代表は今、天使様方と打ち合わせの最中ですが」

「それなら尚更《なおさら》ね。彼の力があれば計画は加速するわ」

「分かりました。お通りください」

どうやら、レベッカは本当にダモスの側近であるらしい。カイトは名前すら聞かれることなく建物に入ることが出来た。

最悪、どうやって忍び込もうかと考えていたところだ。嬉《うれ》しい誤算だと言える。

多少埃《ほこり》っぽいが、掃除の行き届いた廊下を歩く。

会議室と書かれた部屋のドアを、二回ノック。入れと、しわがれた声が聞こえた。

「失礼します、代表」

「ルティアノ。何か急用か……誰だ？」

「天使の皆様、会議中失礼します。彼を紹介したいと思いまして」

「眼球に改造痕……連邦市民？」

羽毛の多い翼を背中から生やしたディーヴィン人の一人が、ぽつりと口にしたのをカイトは聞き逃さなかった。

ディーヴィン人は四人。顔立ちは地球人《アースリング》と変わらないが、偽装だろう。映像で見たディーヴィン人は鼻がなかったからだ。翼の形状はそれぞれ違うが、これは元々の個性だろうか。

レベッカから少しだけ離れ、カイトはまずはディーヴィン人ではなくダモス——ギルベルトに話しかけた。正体をこの場で看破する予定はなかったが、何より先にレベッカの目を覚まさせなければならない。

「随分と痩せたもんだな。髭《ひげ》と髪も伸ばし放題、昔の写真を見たことがなければ、誰も気付かなかったのも仕方がない」

ギルベルトが勢いよく振り返った。眼光鋭く、カイトを睨《にら》みつけてくる。

レベッカは二人の間に走った緊張感の意味が分からないようで、ギルベルトとカイトとを交互に見ている。

「どうしたの、カイト？　代表を知っているの」

「僕だけじゃあない。君だって知らないわけがない。人相は随分変わったし、昔の写真を見たことがなければ、僕だって気付かなかった」

「チッ」

「代表？」

「人の命は金になる、だったか？　今度は異星人と手を組んでやろうとは面の皮が厚いな、ギルベルト・ジェイン」

「え」

自分がギルベルトであるという言葉を否定しなかった。

決して素早くはないが、躊躇《ちゅうちょ》なく懐《ふところ》から銃を抜き、こちらに突き付けてくる。引鉄《ひきがね》を引こうとしたところで、ディーヴィン人の一人が鋭く制止した。

「待て、早まるな！」

「何故《なぜ》だ、こいつを生かしておくと厄介だぞ。レベッカ、面倒ごとを持ち込みやがって」

「うそ、カイト？　代表？　ギルベルト・ジェインって……」

「本物だよ。人売り、革命事業者、ガムジンの悪魔。それがダモスの正体だ」

「嘘《うそ》よ、嘘《うそ》……ウブッ！」

レベッカがこらえきれず嘔吐《おうと》する。尊敬のもとに力を貸していたはずの代表が、私欲のために地球人《アースリング》を売り飛ばしていたなどと突きつけられれば無理もないか。哀れなことだ。

ギルベルトはディーヴィン人を問い詰めていて、レベッカに注意を向けることもない。そしてディーヴィン人はギルベルトの言葉には答えず、こちらに丁寧な口調で話しかけてきた。

「そ、それで。連邦市民の方が一体なぜこんな未開惑星に。絶対要塞ゾドギアは撤収するのではありませんので？」

「僕が連邦市民であるとすぐ分かったようだが」

「え？　ええ。その眼《め》に浮かぶ改造痕を見れば、すぐに。もしかして連邦以外の文明と出会われるのは初めてでしょうか。私どもディーヴィン人もかつては」

「ディーヴィン人も元々は連邦市民だったことは知っている。追放された理由もな」

「そ、そうですか」

頬を引きつらせるディーヴィン人。

彼らの悪だくみもこれまでだ。静かに最後通告を行う。

「僕はカイト・クラウチ。地球人《アースリング》だ」

「なっ……!?」

「地球はこのほど、連邦の管理下に置かれることが決まった。君たちの行為は連邦への敵対行為に当たる。即刻止めてもらおうか」

ディーヴィン人の顔が、目に見えるほど青ざめた。

偽装かもしれないが、彼らの感情表現は地球人《アースリング》とよく似ている。

吐き気がするほど不愉快だった。

「馬鹿な！」

「事実だ。僕が連邦市民であると分かるのだろう？　ならば僕が嘘《うそ》をついていないことも分かるはずだ」

「くそっ！」

混乱するディーヴィン人と違い、ギルベルトの反応は早かった。

えずくレベッカに駆け寄って、抱き起こす。助けるためなどではなかった。そのこめかみに銃口を当てて、カイトを睨《にら》みつける。

今のカイトに、銃弾を止めることなど造作もない。たとえ撃たれるのがレベッカであっても、だ。

「お前、本当に地球人《アースリング》か」

「ああ。あんたと同じく、追放刑で宇宙にいたよ」

「なんだ、ご同輩かよ。……で、なんの幸運で宇宙人に拾われた？」

ギルベルトから同類扱いされるのは不愉快だったが、世間から見れば同じようなものか。カイトは溜息《ためいき》をこらえつつ、事実を告げる。

「地上に戻る気になれなかったから、木星軌道を目指しただけさ。あんたの言う通り、幸運にも無事にたどり着いてしまってね」

「どうかしてるな」

「それに関しては、否定するのは難しい」

ギルベルトは話を聞きながら、ちらりとディーヴィン人たちに視線を向けた。レベッカを抱えたまま、じりじりとそちらに近づいていく。

何をするつもりかと油断なく見ていると、ギルベルトは抑えた口調で彼らを怒鳴りつけた。

「さっさと落ち着けよ面倒くせえな！　おい、今すぐ俺とこいつをお前らの船に転送しろ」

「何を言って」

「あの野郎を殺すんだよ！　このままにしておいたら、俺やお前らにとって不利なんじゃねえのか⁉」

「っ！」

ギルベルトの言葉に一理あると思ったのか、ディーヴィン人たちはさほど迷うことなく手元の端末を操作する。

瞬間、ディーヴィン人とギルベルト、レベッカの姿が消えた。転送と言っていたから、ディーヴィン人の船に移動したのだろう。

オブジェのところに船はなかった。大気圏への突入前にも、ディーヴィン人の船は見つからなかったはずだ。となると、余程遠くにあるか、あるいは――

「元々地球に隠してあった……？」

そんな結論に思い当たったところで、突如地面が大きく揺れた。

＊＊＊

空中に出現した巨船の中に移動したギルベルトは、レベッカを乱暴に突き飛ばした。剣呑《けんのん》な視線を見せてくるディーヴィン人たちを、強く睨《にら》み返す。こういう時は、弱気になった方が危険だと経験上でよく分かっている。

「何でその女も一緒に連れてきた？」

「人質だよ。知り合いだったみたいだからな、念のためだ」

「だ、代表」

突き飛ばされた痛みで多少混乱が緩和されたか、レベッカが不安そうな顔を向けてきた。まだ半信半疑といった様子だ。頭が良くても馬鹿な相手というのは、本当に取扱いが面倒で困る。ギルベルトにしてみれば利用しやすいのは利点だが、忙しい時には心底煩わしい。

「何だ？　善行だと信じてやっていたら、宇宙人に仲間を売り飛ばす手伝いをしていたってな。そんなに不満かよ」

「じゃ、じゃあやっぱり」

「自分は知らなかった、とでも言うつもりか？　最初の十万の中には、地球人《アースリング》を食材として買った奴《やつ》らだっているだろうぜ。そんなところに送られた連中が、知らなかったと言うお前のことを許してくれるとでも？」

顔に絶望を貼り付けるレベッカ。床に突っ伏して嗚咽《おえつ》。つくづく面倒くさいが、人質である以上、今ここで殺すわけにもいかない。

と、そこまで黙っていたディーヴィン人の一人が、怒りと焦《あせ》りの感情も露《あら》わに問い詰めてくる。

「おい、これからどうするつもりだ。貴様はあの連邦市民を殺すとか言っていたが……」

「落ち着け。あいつが連邦とやらの市民だっていうのは確かなのか」

「あの眼球の改造痕は、間違いなく連邦市民の証《あかし》だったよ。我々がそれを見落とすと思うか」

「そうだとしてもだ。いいか、半年前まであいつは俺と同じ立場だったんだぞ。半年でここから木星を目指した。地球の技術で木星辺りまで向かうとして、どれだけかかる？　連邦とやらに途中のどこかで拾われたとして、連中はそこまで簡単に地球人《アースリング》を市民と認定するのか」

「そ、そうだな。確かにおかしい」

　ギルベルトの言葉には、一定の説得力があった。

　ディーヴィン人たちも互いに顔を見合わせ、ギルベルトの言葉を咀嚼《そしゃく》する。

「連邦に保護されることと、連邦市民になることは同じか？　違うだろ。最悪の場合、奴《やつ》さえ始末できれば、連邦に言い訳の余裕が出来る。どうだ？」

「……分かった。お前の考えに乗ろう」

「おい、ピクラシカア！」

「どちらにしろ、あの地球人《アースリング》を殺さない限り我らの悲願は遠ざかるばかりだ。ただし奴《やつ》はお前が仕留めろ」

　ここの代表であるピクラシカアが決断したことで、ディーヴィン人たちの考えも固まったようだ。多少の反発はあったが、それもすぐに収まった。それでも、ギルベルトに手を下させることで保険をかけるのを忘れない辺り、小賢《こざか》しいというか。

最悪の場合を想定しておく必要があるかもしれない。

「構わないが、どうするんだ？　攻撃艇でも貸してくれるのか」

「仕方ない。最新鋭のやつを貸してやるから、さっさと終わらせてこい」

ギルベルトの要求に、ピクラシカアはあっさりと応じた。地球人《アースリング》ごときには使いこなせないと思っているのだろうか。あるいは、連邦とやらの介入をこちらの考えている以上に不安視しているのか。

打てる手は打っておく必要があるか。視界の端にレベッカの姿が映った。あの男とは親しくしていたようだから、知っていることもあるだろう。

「おい、レベッカ。あの男の身内は生きているのか」

「……えっ」

「その顔、生きているんだな。……そうだ、お前が自分で面倒を見ると言っていた家族がいたっけなあ」

「待って！　やめて！」

当たりだ。

ギルベルトは表情を邪悪に歪《ゆが》めると、ピクラシカアに笑いかけた。

「おい、ピクラシカア。下の連中、ちょっと無理してもいいから吸い上げろ」

「何を――」

「なんだ、思ったより据わってねえな」

この期に及んでまだ商売を優先させられると思っているのか。思った以上に鈍い。

「悪だくみなんてのはな、バレたら出来るだけ証拠を隠滅して、利益を引《ひ》っ摑《つか》んで、とっとと逃げるに限るんだよ」

＊＊＊

建物から出ると、空に巨大な船が浮かんでいるのが見えた。

あれがディーヴィン人の船か。なるほど箱舟《アーク》と呼ぶのも頷《うなず》けるデザインだ。

人々はみな同じように空を見上げ、跪《ひざまず》いている。

と、箱舟の周囲に同じようなデザインの船が次々と現れた。地球に隠してあったという予想は当たったらしい。一隻からばさりと土が流れ落ちるのが見えた。

建物の中から、次々と人が出てくる。このままここに居てはいけない。自分がギルベルトの立場だったら、何よりまずは自分のことを狙うからだ。何も知らない住人たちが巻き込まれてしまう。

カイトは一人、街の外へと走る。住人たちが祈りを捧《ささ》げているのが救いといえば救いか。

「あれは……!?」

何隻かの箱舟から、青白い光が地面に向けて照射された。光に照らされたところから人が浮かび、船に吸い上げられていく。

人質のつもりか。カイトの奥歯が思わずぎしりと軋《きし》んだ。

街の出口が見えてきた。

「来い、クインビー！」

意思を込めて叫ぶ。必要なのは声ではない。ここへ来いという強い意思。

東。地平線の彼方《かなた》から、緑色の光がこちらに向かって飛んでくる。光を見据え、乗り込むという強い意思をぶつける。

カイトの髪から、紫電が舞った。

『お待たせしました、キャプテン』

「ギルベルト・ジェインとディーヴィン人は明確に僕に敵対した。これより本船は戦闘態勢に入る！」

『了解しました。連邦にはどのように通達しますか』

「地球人《アースリング》が人質に取られている。一隻たりとも太陽系から逃がさないために、協力を請《こ》うと」

『送信しました。ご存分に、キャプテン』

「ああ」

＊＊＊

一手遅れた。どうやらあの男も船を呼び出していたらしい。出来れば生身のうちに仕留めておきたかった。

攻撃命令は間に合わなかったが、駒は手に入った。ギルベルトは脳をフルに回転させながら、ピクラシカアに問う。

「おい、ピクラシカア。あの船の材質は分かるか」

「待て、今調べている。……外装は地球で造られた金属だな。内部構造は分からんな。連邦の改造を受けているのかもしれない」

「そうか。それだけ分かれば十分だ」

「何？」

「つまりあれは、連邦製の船じゃないってことだろ」

「そうだな？　ああ、そうだな……！」

ピクラシカアも気付いたようだ。ギルベルトに負けず劣らずの歪《ゆが》んだ笑みを浮かべ、周囲に指示を出す。

「このまま重力圏から離脱しろ」

「まだ定命人を積んでいない船もあるが」

「構わん。重力圏から出た後、船を破壊すれば確実だ」

「ついて来なかったら？」

「この星ごと破壊して逃げるさ。どうせ、これ以上地球人《アースリング》を連れて行くのは難しいだろう？」

損切りというやつだよ、と笑うと、周囲も同じような笑い声を上げた。

最悪の場合でも、連邦の介入を避けるには諸々《もろもろ》全て破壊して有耶無耶《うやむや》にしてしまえば良い。

ピクラシカアも中々分かってきたじゃないか。

戦闘艇の使い方についての指導を受けながら、レベッカと他の人質を一ヶ所に集めさせる。

景色が変わっていく。半年前は嫌で嫌で仕方なかった殺風景な宇宙の様子が、ギルベルトには何とも言えず懐《なつ》かしく思えた。

＊＊＊

「宇宙に出る、か。是が非でも僕をこの場で殺したいらしい」

『それなら宇宙に出なくても良いのではないですか？　単純に非効率だと思いますが』

カイトの呟《つぶや》きに、エモーションが反論する。

だが、カイトには確信があった。ギルベルト・ジェインは自分が生き残るための嗅覚には自信を持っているタイプだ。

「僕を殺して、色々と有耶無耶《うやむや》にして逃げるのであれば宇宙に出てからの方がやりやすいだろうさ」

『ディーヴィン人の技術水準から考えますと、地上からでも宇宙からでも大差があるとは思えないのですが……』

「宇宙空間でこの船を破壊すれば、地球人《アースリング》の僕は即死するって思っているんだろうさ」

『はあ。出来るとは思えませんが』

「向こうは出来ると思っているんじゃないかな。僕が連邦市民になったことも、おそらく信じていないよあれは」

人は自分の信じたいことしか信じないし、信じたいようにしか信じない。

カイトが連邦に引き取られて数日の間に、改造を受け、市民権を手に入れ、船まで買った。

カイト自身、自分のことでなければ多分信じない事実の羅列だ。

ディーヴィン人たちもギルベルトも、そんな奇跡じみた事実を信じるよりも、納得しやすい予想の方に目を向けたことだろう。

「エモーションを連れていなくて良かった。君の存在は言い訳が利かないから」

『……キャプテンのカムフラージュに協力できたのでしたら何よりです』

ディーヴィン人の船を追うように、クインビーもまた宇宙空間へ上昇する。

地球を足元に眺めながら、ディーヴィン人の船と対峙《たいじ》する。

思ったよりも多い。

「エモーション、全部で何隻ある？」

『三十七隻です』

地球人《アースリング》の生体反応は、と続けようとしたところで、通信が入る。相手はディーヴィン人の船の一隻だ。

繋《つな》ぐ、と意識を向けると壁面の一部が画面に切り替わる。

『よう、カイト・クラウチ。よく来たな』

「もう少し離れてくれないか？　そのむさくるしい顔は、アップで見させられるのは耐えがたい」

『チッ！　心配するな、どうせすぐ見られなくなる』

嫌そうに舌打ちしたギルベルトが、少しだけ画面からずれた。

奥にいる数人が映し出される。

「レベッカ。それに……そこにいるのは」

『カイトッ！　ごめんなさい。貴方《あなた》のご両親と……妹さんまで』

「アリサ、か」

年の離れた妹。両親から結社に売られてからは一度も会うことのなかった少女が、怯《おび》えた顔でこちらを見ていた。

『分かったか？　抵抗なんぞしないことだ。しても構わないぞ、可哀想《かわいそう》なご家族まで死んじまうけどなあ！』

「なるほど、下種《げす》の中の下種《げす》とは何一つ同情が出来ないものらしい」

額に青筋が浮かぶのを自覚する。

だが、感情とは裏腹に口調は荒れない。静かに、ただ静かに、事実だけを紡《つむ》ぐ。

「両親に関しては、僕を安くない金で売り飛ばしたんだ。親子の縁は切れたものと思っている。レベッカ、君は自分が人質にされるくらいなら諸共に撃てと言う、そんな人だと知っている。だが、アリサは確かに人質としての価値がある」

『だろう？』

「で、どうしろって？　あんたに素直に撃たれてやればいいのか」

『そういうわけだ。ちょっと待ってな』

「なるほど。あんたたちは僕と徹底的に敵対するつもりらしい。そう理解させてもらうよ」

画面からギルベルトの顔が見えなくなった。蒼白《そうはく》な顔でこちらを見る両親、抱き合って泣くレベッカとアリサ。

カイトは特に構うことなく画面を切った。安心させてやりたいと思わなくもないが、それ以上に次の指示を聞かれるのはあまりよろしくない。

「エモーション、オーダーだ。連中の船で、地球人《アースリング》が乗せられていない船をピックアップしてくれ」

『了解。すぐに』

中央の船から、クインビーと同程度のサイズの小型船が一隻飛び出してくるのが見えた。

前面が輝き、何やら飛んでくる。あまりの分かりやすさにカイトは口許《くちもと》を緩め、次の指示を口にした。

「クインビー。鋼板の十五パーセントをパージ」

光弾が障壁に触れて消失するのと、まるで攻撃が当たって破裂したように貼りついた鋼板が剝がれるのはほぼ同時だった。

飛び散った鋼板は、船体から切り離されてもなおカイトの管理下にある。

立て続けに光弾が撃ち込まれるが、船体には何の影響もない。ギルベルトは楽しんでいるだろうなと苦笑しながら、エモーションの報告を待つ。

鋼板がきらきらと、光弾の光に照らされて幻想的な様子を見せる。そろそろ相手も違和感を覚える頃だろうかと思ったところで、報告がわりの表示が映し出された。

『キャプテン、お待たせしました。赤く囲んである船からは地球人《アースリング》の反応がありません。青には乗っています。お気をつけて』

「了解。それでは反撃といこう」

ギルベルトが乗り込んでいるだろう船は、確かに青い。エモーションのサポートを疑うことはないが、安心して赤く囲まれた船に狙いを定める。

まずは最前方の二隻だ。

「行け、働きバチ《ワーカー》」

鋼板に力を通す。速度は、威力だ。下から上へ、間違っても地球人《アースリング》を収容している船に当たらないよう、角度をつけて突っ込ませる。

──それは、弾丸というよりも稲妻を帯びた光線に見えた。

直線状に飛翔《ひしょう》する、無数の鋼板。カイトの超能力を帯びた鋼板が、敵船の障壁に激突し、干渉し、最後には突き破る。

障壁に粉砕された鋼板もあるが、それ以上に敵船に殺到する数の方が多い。障壁を乗り越えたものも、単体では装甲に弾《はじ》かれるが、執拗《しつよう》なまでに突撃する鋼板の群れが瞬《また》く間《ま》に外装を削り取っていく。

ひとつ、装甲を貫いたら、後はもう止めようがなかった。無数の『働きバチ』が船体内部を蹂躙《じゅうりん》し、それぞれに飛び出してくる。

機関部を破壊したのだろう、内部から自壊していく敵船が、爆発で一瞬だけ明るく輝いた。

左、次いで右。

「ついでだ。硬そうな破片を頂戴するとしよう」

破壊された鋼板の代わりになりそうな破片を、無事な鋼板に挟み込ませて引き寄せる。力を通せば、それだけで次なる働きバチの完成だ。

『……再利用は大事ですよね』

ギルベルトの乗った攻撃艇は、先程よりも光弾の密度を上げている。だが、カイトはそちらに一切注意を向けることなく、次の標的を探す。

ほぼ同時に、敵船からも砲撃が飛んできた。恐慌《きょうこう》でも起こしたのか、ギルベルトも巻き添えにして沈めても構わないと思っているような勢いだ。

「次はこちらを試そうか」

鋼板を繋《つな》ぎ合《あ》わせて、拳をふたつ、形取らせる。

地球人《アースリング》が乗っていない一隻の、両側に移動させて拳を開くように指示する。

拳を形作っていた、鋼板が飛び散った。もしも力の形が見えれば、開いた手の、指先の部分に鋼板が集中しているのが分かっただろう。

力場で作った巨大な手が、敵船を包むように摑《つか》みかかる。障壁による干渉は先程よりも遥《はる》かに強く、指先へと砲撃も集中するが、残念ながら最後まで阻《はば》むことは出来なかった。

がっしりと両手で摑《つか》んだ敵船を、カクテルを作るように振る。まさか船の中も、シェイクされることを前提にした防御機構はなかったようで、ほどなく反撃が途絶えた。

そのまま、手近な敵船に振り下ろすようにして叩《たた》きつける。ふたたび二隻が撃沈。

「さて、地球人《アースリング》が乗っていないのはあと何隻かなと」

『乗っていないのは十六隻、乗っているのが十七隻です』

さっさと片付けよう。そんなことを考えていたところに、焦《あせ》った様子で通信が繋《つな》がれた。真っ青なディーヴィン人の顔が表示される。

『何を考えている⁉　ひ、人質がいるのが分からないか⁉』

「大丈夫だよ、地球人《アースリング》がいない船から狙っている」

名前も知らないディーヴィン人の脅しを、カイトは平然と切り捨てた。

＊＊＊

「なんだあれは、あれが地球の船だと⁉」

ピクラシカアは、言い知れぬ不安を感じながらも、その感情を惰弱とねじ伏せて攻撃を指示した。ギルベルトの考えに乗ってしまった以上、最早《もはや》どんな言い訳も通じないと分かっていたからだ。

船体から剝がれた破片が兵器となって僚船を撃沈した。地球に潜伏していた時に確認した限り、あのような兵器は存在していなかったと断言できる。だとすると、あの武装は連邦の技術だ。しかし、それにしても。あの戦い方はまるで。

「まさか……まさか」

画面の端では、強引に通信を繋《つな》いだ僚船と敵船の通話が流れている。

人質のいない船から狙っていると言い切った。つまり、どこに地球人《アースリング》が乗っているか既にばれている。はったりではない。撃沈された四隻は、確かに地球人《アースリング》が乗っていない船だった。

「おい、今すぐ撤退の経路を確保しろ！」

「何を言っているんだ、ピクラシカア！」

「信じたくはない……信じたくはないが、あれはディ・キガイア・ザルモスかもしれない」

「馬鹿な⁉　あれにテラポラパネシオが乗っているというのか⁉」

「ならば、それ以外に考えられるか⁉　あの破片、材質は地球製だぞ！」

地球の合金程度では、万発当てられようとディーヴィン人の船を傷つけることなど出来るはずがない。障壁もそうだ。明らかにあの船体には、別の力が加わっている。しかも、こちらの技術で解析できない何か。

ピクラシカアの知識において、連邦の技術といえども法則さえ無視する兵器への心当たりは一つしかなかった。

連邦に敵対する星団の、全戦力。それをたった一機で撃滅してみせた、銀河最強の種族。連邦在籍時代、当然だがディーヴィン人でもテラポラパネシオの力を導入する試みはあった。失敗を重ね、ディーヴィン人では再現が出来ないと結論が出た頃、彼らは連邦から追放されたのだ。

「……ピクラシカア」

「どうした」

重い口調で、船の操舵《そうだ》を担当していた僚友が声をかけてくる。

不安を押し殺しつつ、問い返す。返ってきた答えは、考え得る限りで最悪のものだった。

「駄目だ。連邦の船が包囲している。逃走は出来ない」

「馬鹿なッ！」

何もかもが、予想を裏切る。自分たちは何か致命的な思い違いをしているのかと、再び強烈な不安が心に湧いてきたところで、画面の向こうが動いた。

「……嘘《うそ》だ。地球人《アースリング》が、あの力を？」

＊＊＊

『カイト三位市民《エネク・ラギフ》。地球人《アースリング》が相当数囚《とら》われているようですね』

「リティイミエレさん！」

通算で七隻目を撃沈させたところで、僚船からの通信が届いた。

こちらに脅しをかけてきた船からの通信は、先程途絶えたばかりだ。最後まで人質を殺すとか喚《わめ》いていたが、ディーヴィン人というのは頭が悪いのだろうか。

人質を殺してしまえばカイトが沈める船を選別する理由はなくなるし、かといってこちらが止まらなければ人質にそもそも意味がない。躊躇《ちゆうちよ》して、相手に隙を見せることの方が自分にとっても人質にとっても遥《はる》かに危険なのだ。

『包囲は完了しています。彼らをここから逃すことはありません。人質の救出に、私たちも力を貸しましょう』

「助かります」

『あまりカイト三位市民《エネク・ラギフ》だけに負担させるわけにはいきませんからね。では、我が船の力をご覧ください』

ディーヴィン人の船を逃がすことがなくなったとあれば、手伝いを拒む理由もない。

頷《うなず》くとほぼ同時に、斜め右上から真っ赤な彗星《すいせい》のような何かが敵船に激突した。障壁も外装も粉砕して、敵船に深々と突き刺さっている。

音は聞こえなかったが、カイトもエモーションも唖然《あぜん》としてそれを見守ることしか出来ない。

激突した部分から、何か泡のようなものが発生して隙間を塞いだ。

『突撃艇アガンランゲ。人質のことはこちらに任せて、カイト三位市民《エネク・ラギフ》は残りの船を頼みます』

「了解しました。ではちょっと、本気を出しますか」

心強い。味方というのは本当に心強いものだ。

カイトは笑みを浮かべて、席から体を起こした。高揚している今なら、きっと何でも出来る。そんな確信があった。

『キャプテン、何を!?』

「外で直接働きバチを操ることにする。エモーション、サポートを頼むよ」

船の外、台座へと短距離転移を行う。

まるで吸い付くように足が台座を踏みしめ、宇宙空間に生身で立っていることへの不安もまったくない。

『キャプテン！』

「大丈夫さ、エモーション。クインビーと僕が揃《そろ》っている限り、この『力』が届く範囲は全て、僕の法則の支配下だ！」

髪から走る紫電が増し、カイトの体が薄緑色の光を纏《まと》う。台座を構成している鋼板以外が船から剝がれ、クインビーの本体が露《あら》わになった。

前傾姿勢を取り、狙うのは敵の旗艦。

「突っ込め、クインビー！」

『きゅるきゅるきゅる！　ああもう！　何があってももう知りませんからねぇえ！』

機械知性に悲鳴を上げさせるなんて、そうそうないだろうな。

船体前面に集結した鋼板が、壁のような槍《やり》のような、そんな形を取った。

＊＊＊

「ご期待通り、だったかな。レベッカ、アリサ。あと残りの二人」

「か、カイト……？」

「荒っぽい運転で済まないね。古式ゆかしきラムアタックってやつさ」

旗艦の艦橋を突き刺したクインビーの台座から降りて、レベッカと妹に手を差し伸べる。両親——いや、後ろの二人はおまけだ。

おずおずと伸びてきた二人の手が、カイトの手に触れる。その寸前に、カイトは四人を短距離転移でクインビーに放り込んだ。

銃撃があったからだ。光線が、カイトの防壁に触れて消失する。光線銃とは。古典ＳＦ愛好家としては色々疼《うず》くのだが、残念ながら今はそんな場合じゃない。

「さて、この船の人質は今の四人だけ……じゃないのか。流石《さすが》に全員をクインビーに収容するのは無理だね」

このまま感情のままに吹き飛ばしてしまいたいところだが、ままならないものだ。

溜息《ためいき》をついていると、見覚えのあるディーヴィン人が声を震わせた。

「何なのだ、貴様は！　地球人《アースリング》でありながら、何故《なぜ》」

「ああ、連邦でも使いこなせる人が少ないいんだっけ？」

「馬鹿を言うな！　中にテラポラパネシオを乗せているのだろう？　この短期間でどうやって彼らに取り入った⁉」

「はぁ？　あぁ……うん。答える意味を感じないね」

どうやらカイトが超能力を使っている事実を、目の前のディーヴィン人は認めることが出来ないようだ。テラポラパネシオを懐柔したと考える方が、確かに可能性としては高い。

だが、そういう答えが出てくるということは、地球人《アースリング》を格下に見ているということでもある。そうであるならば、カイトはディーヴィン人と会話を成立させる必要性を認めない。

「ま、早めに降伏するのを勧めるよ。降伏の連絡はリティミエレさんにどうぞ。あそこのアガンランゲって船に乗っているみたいだから」

「リティミエレ……絶対要塞ゾドギアの副代表まで駆り出したか。地球には一体何があるというのだ！」

リティミエレは副代表だったのか。親切な人という印象しかなかったのだが、相応に立場のある人物だったらしい。

カイトは色々と幸運を掴《つか》んだのだなという実感も含めて、端的にこの幸運の端緒となった事実を教えてやることにする。

「クラゲかなあ」

「何？　一体何を」

クラゲについて知っているかどうか、その反応からは分からなかった。だが、どうでも良《い》いことだ。台座に戻って、船体を引き剝がす。ひゅごうと、空気が勢いよく抜けた。

混乱に見舞われているであろう船内には構わず、クインビーを次の標的に向ける。

背後からギルベルトが懲りずに光弾を発射してくるが、無視だ。

「ふむ……あの岩がいいかな」

地球の重力に引かれたか、戦場を横切ろうとしている小惑星に目をつける。ディーヴィン人の船の高さの半分ほどはあるだろうか。これほどの大きさの小惑星でも、大気圏に突入すると削り取られて燃え尽きるというのだから、自然というのは凄《すご》いものだ。

働きバチを小惑星に取りつかせて、勢いを止める。カイトは自分の頭上に来るように位置を調整してから、超能力で外側から圧をかけた。

鋼板で包み込むようにしながら、数十メートルはあった岩塊を圧縮していく。

髪から舞う紫電が、まるで電流のように迸《ほとばし》った。意外と力を使う。

逃げ場なく圧縮された岩が、密度を増しながら縮む。

小さく小さく、包囲した鋼板にぴったりと包まれ、隠れてしまってもなお、更に極限まで圧縮を続ける。

満足な小ささまで圧縮したところで、岩を包囲する鋼板の群れを、円筒状に成型する。圧縮された岩くれを弾頭とした、即席の砲台だ。

旗艦を狙いたかったが、人質にされた地球人《アースリング》が乗っているからそれは出来ない。地球人《アースリング》が乗っていない中で、最も大きな一隻に狙いを定める。

「回転を付与。加速。加速。加速。……発射」

極限まで圧縮された弾頭は銃弾のように回転しながら、まるで何の障害もないとばかりに障壁と装甲を貫き、船を斜めに貫通して弾《はじ》ける。

弾頭は高速回転のせいか超能力の効果か、見た目以上の破壊をもたらした。引き千切られた船体は、程なく内部からひしゃげるようにして轟沈《ごうちん》する。

『降伏……降伏する。どうか、命ばかりは助けてくれ。頼む』

次弾を装填しようと次の巨岩に視線を向けたカイトの耳に。

旗艦から力なく、絶望の声が届けられた。

ディーヴィン人の戦闘行動が止《や》む。だが、一隻だけ状況を把握していない船があった。ギルベルトだ。

『何故《なぜ》止まる！　戦え、戦えよ！　このままじゃ俺たちは！』

「後はお前だけだ、ギルベルト・ジェイン」

『この化け物がぁぁーッ！』

宇宙空間に生身で立って、平然と行動している。そりゃ化け物扱いも仕方ないかなと思いながら、カイトはクインビーを反転させた。

明確に生身のカイトを狙う光弾を弾《はじ》きながら、船首をぶつける勢いで加速。交錯の瞬間、鋼板——すなわち働き《ワーカー》バチを数枚撃ち込むが、ギルベルトの乗る攻撃艇は気にする様子もなく飛び回る。

大型船と比べると明らかに速い。働きバチが正面衝突すれば一撃で撃沈させられるだろうと思うが、向こうもそれを分かっているようでジグザグと動き回っている。働きバチの多くは避けられてしまい、上手《うま》く当たっても軽く刺さった程度で痛撃には至っていないようだ。

中からエモーションが早く戻って来いと警告を発しているが、今のところそのつもりはない。戦闘経験は積んでおいた方がいいからだ。いつか星の海に旅立つ時に備えて。

ギルベルトの方も、光弾以上の攻撃手段はないと見える。とにかく狙いを絞らせないように動き回りながら、無意味さを噛《か》み締《し》めながら光弾をばら撒《ま》いている。

『畜生、ちくしょうこの化け物ぉぉーッ！』

「ギルベルト・ジェイン。お前は蜂の生態には詳しいかな？」

働きバチを撃ち込みながら、数回の交錯。クインビーは無傷、ギルベルトの攻撃艇は複数着弾してこそいるが、致命傷には程遠い。

目も随分と慣れてきた。そろそろ終わりにすべきだろう。リティミエレを始めとした、連邦の人たちを待たせるのも良くない。

「展開」

周辺に散乱しているディーヴィン人の船の破片。手頃な大きさのそれらを、新たな働きバチとして周囲にまずは引き寄せる。

そしてギルベルトの攻撃艇に刺さっている鋼板をマーカーとして、四方から追尾させた。

『何だ⁉』

全周囲を同時に確認できる目でもない限り、全てを避け切ることは不可能だ。無茶苦茶に動く攻撃艇だが、船体に刺さる働きバチが増えてくると、徐々に動きが鈍ってくる。

程なく、働きバチの群れが攻撃艇を覆い隠したところで、動きが止まった。

「さて、と」

『ひっ』

あと一撃。それで仕留めることが出来る。

「ギルベルト・ジェイン。少なくともあんたは連邦に加入していい地球人《アースリング》じゃない」

『ま、待て！　待ってくれ。分かった。俺が悪いことをしていたのは確かだ。連邦とやらの一員になるつもりはない。このまま追放してくれればいい』

ギルベルトの言葉。敗北を目前にして、生き延びるために打てる手を打ち始めたと見える。躊躇《ちゅうちょ》なく命乞いをしてくる辺り、生き汚いというかしぶといというか。

「いいだろう。あんたをここから追放する。……行け」

『ありがたい。感謝するよ。……なんだ？』

だが、カイトはギルベルトをこの場から生かして解放するつもりなどない。働きバチに包囲させたまま、この宙域から離脱させる。目的地は既に定めてあった。

おそらく攻撃艇にも転移にまつわる装置は搭載されていると見ている。そうでなければ、自分を追放しろなどと言い出すはずがないからだ。追放されたと見せかけて転移で地球に戻る、そんなところだろう。そんなことは許さない。

「さて、終わりだ。エモーション、リティミエレさんに連絡を頼むよ」

『その前に、さっさと船内に戻ってください！』

色々限界なのだろう、エモーションの怒鳴り声が足元から響いてきた。

＊＊＊

武装を解除されたディーヴィン人の船は、一旦地球に戻されることになった。

船から降ろされた地球人《アースリング》と、取り残された形となっていた地球人《アースリング》たちに向けて、リティミエレが説明を行っている。

「連邦から、人工天体アバキアをこちらに運んできています。アースリングの皆さんはそちらに収容され、しかるべき処置をそれぞれ行った後に連邦へとお送りすることになります」

ディーヴィン人ほどではないが、リティミエレの外見は地球人《アースリング》にとっても馴染《なじ》みやすい。隣にレベッカが立っているのも、人々を落ち着かせるのに役立っている。

今回人質にされた地球人《アースリング》も、取り残された者たちも、ディーヴィン人が自分たちを売り飛ばそうとしていたことを知らない。

知らないままに地上に降ろされたことで、皆不安がっているのだ。

ここでディーヴィン人の悪事を伝えたところで、彼らが信じなければ意味はない。レベッカがリティミエレを紹介することで、第二陣以降は連邦が地球人《アースリング》を保護するというストーリーに落ち着いた。売り飛ばされたであろう地球人《アースリング》たちを助けることで、徐々にでも事情が伝われば良いと思っている。

今のカイトの役割は、船から引き離されたディーヴィン人たちの監視だ。ディーヴィン人たちをひとつの建物に押し込め、カイト自身は窓から外の様子を見ている。

ピクラシカアと名乗ったディーヴィン人が、こちらを上目遣いに見ながら聞いてきた。

「我々は、どうなるのだ」

「さあ？　僕も連邦の法律にはまだ明るくなくてね」

「連邦市民を不当に略取し、連邦以外の文明に売ろうとしたということですから。まあ、それなりの罪には問われるでしょう」

「そんな……！　地球の連邦加入前であれば、免除されるはずだ」

エモーションの言葉に、ピクラシカアが顔色を変える。

勝手な言い分だと思うが、その辺りの判断はカイトではなく連邦の法律に明るい誰かを待つべきだろう。

とはいえ、先に連れ去られた地球人《アースリング》たちを諦めるという選択肢はない。法の下に救出できれば良いが、無理ならクインビーで海賊稼業《かぎょう》かなと考える。

「おい、何とか言ったらどうなんだ！」

「その判断をしてくれる人がそろそろ来るぞ。……ほら」

先程から聞こえてきていた足音が止まり、扉が開く。地球人《アースリング》たちへの説明を終えたリティミエレが、レベッカを伴って入ってきた。

「カイト三位市民《エネク・ラギフ》。お疲れ様でした」

三位市民《エネク・ラギフ》、とディーヴィン人たちがざわつく。

どうやらディーヴィン人が連邦に加入していた頃であっても、三位市民《エネク・ラギフ》の地位を得た者はいなかったようだ。視線の質が目に見えて変わった。

「ありがとうございます、リティミエレさん」

「礼は不要です。地球人《アースリング》が連邦に加入した時点で、皆さんは私たちの同胞です。それを助けるのは私たちの責任でもありますから」

もちろん、先に連れ去られた皆さんもです。

そう続けたリティミエレの体毛が赤く染まったのを見て、ディーヴィン人は一人残らずがっくりと項垂《うなだ》れるのだった。

＊＊＊

ギルベルトは焦《あせ》っていた。

どの機材に触れても、何も反応しない。鋼板に船体を完全に包囲されて、どこを飛んでいるのか、何も見えない。

攻撃艇に転移装置があるのは確認してあった。あとは追放された後、ほとぼりが冷めたところで地球に戻ろうと画策していたのだが。

「くそっ！」

甘かった。レベッカと同年代の若造だと軽く見ていたか。

自分の命が段々と危険になっていく実感を背筋に感じながら、どうにか生き残る方法を模索しようと機材をめちゃくちゃに操作する。

「一体どこに向かっているんだ！」

飛んでいるのは分かる。一直線だ。だが、方向感覚も時間感覚も喪失したギルベルトには、今自分がどの辺りを、どれだけの時間飛んでいるのかも把握できなかった。

自爆覚悟で光弾の発射を試みたが、反応はなし。このまま餓死するまで飛び続けるのだろうか。

と、突然ぐいっと誰かに船体を引っ張られたような圧を感じる。

「誰かいるのか⁉」

助けが来たかと期待するが、引っ張る動きが加速するだけ。

もしかするとディーヴィン人のような異星人に、船ごと略奪されようとしているのか。異星人の奴隷にされるのであれば、いつも通りの口八丁でどうにか無事を確保しようと決意する。

大丈夫だ、生きてさえいれば成り上がれる。自分はこれまでにもそうしてきたのだから、と自身を鼓舞する。

「なあおい！　俺はギルベルトっていうんだ。あんたは？」

反応はない。しかし、船体にかかる力は増えている。言葉でコミュニケーションを取らないタイプなのだろうか。

「えっ」

突如、目の前の鋼板が剝がれた。モニターの向こうが見える。

視線を巡らせたが、船を摑《つか》んでいるアームのようなものはなかった。異星人ではないのか？

一方で、次々に鋼板が剝がれていくのが見える。

どうやらあの男の力が届かない場所まで来たようだ。勇んで計器に触れてみるが、やはり反応はない。おかしい。

ふと、剝がれた鋼板が離れていかないことに気付いた。船と一定の距離を保ったまま、モニターの向こうに浮いている。

「何だ、何が――」

続く言葉は出なかった。逆側のモニターが復活した瞬間、視界に飛び込んできたのは過剰なまでの赤。

「ぐあっ⁉」

すぐに光量が調整されたようだが、目の痛みは強い。涙を流しながら目を瞬《まばた》かせる。引き込む力が更に強くなった。目をこすりながら、モニターを見る。

「太……陽……？」

写真か何かで見たことがある。灼熱《しやくねつ》の光球。太陽系の中心。恒星。

太陽が、ぐんぐんと近づいてきている。

「ひぃっ！　まさか、まさか」

加速。このままでは飲み込まれる。

いや、その前に潰れるか、溶け落ちるか。

嫌だという声が、声になる前に。

ギルベルトの棺桶《かんおけ》は太陽の内部へと飲み込まれて行った。

＊＊＊

「い、生きてる？」

死んだ、潰れたと思った。

だが、どうやらまだ生きている。外を見ると、何かの膜のようなものが船体を包んでいるように見えた。

鋼板が光っている。鋼板同士を緑色の細い光が繋《つな》いで、太陽の何かがこちらに影響を与えないように頑張っているのだ。障壁というやつか。あの男は、こちらを殺すつもりまではなかったのだろうか。

「あ、ああ……生きてる」

安堵《あんど》。五歳も十歳も年を取ってしまったような疲れを感じて、床にへたり込む。

どちらを見ても、赤、赤、赤。炎と光が支配する中でたった独り。

計器に触れた。いまだ反応はなし。

「どうやって出ればいいんだ？　……いや、出られるのか？」

障壁はいつまで保つのだろうか。自分がここで餓死するのが早いか、障壁が圧力に負けて崩壊するのが早いか。助けなど来るまい。ここは恒星の中なのだ。

ふと閃《ひらめ》くものがあった。あの男は、最初からこうするつもりだったのではないのか。障壁がいつまで保つか分からない。その恐怖と、何も出来ない絶望の中で、いつやって来るか分からない最期《さいご》を待てと。

「いやだ」

知性が抜け落ちた声が、ギルベルトの口から漏れた。

「いやだ、たすけてくれ！　こんなのはいやだ、たのむだれか！」

鋼板から煙が出ているような気がする。いや、緑色の光が薄くなったような。

改めて機材を無茶苦茶に操作する。血が出るほどの力で叩《たた》くが、異星の文明の船はぴくりともしない。

「あ、ああっ！　だめだ、まだもえつきるな！」

モニターにすがりつき、心から懇願する。居るかどうかも分からない神に祈りながら。

そんな中で、ギルベルト・ジェインの命がもうすぐ尽きることだけは、何よりも確かな事実だった。

＊＊＊

人工天体アバキアは、絶対要塞と呼ばれるゾドギアと同型の天体だ。

違う点は、ゾドギアと違ってアバキアには機械知性だけが常駐していること、それによって内部環境を気軽に変更できることだ。

今回の地球人《アースリング》のように、新しく連邦に加入する種族が必要な身体改造を受けるまでの受け皿として、アバキアは運用されている。

「これから到着するアバキアにて、どのような身体改造を受けるかを選択していただきます。その後、皆さんの居住区が用意された人工天体に移動していただく流れです」

ディーヴィン人との戦闘が終わって数日が過ぎて。

リティミエレらは思ったより早く地球人《アースリング》たちに受け入れられていた。やはり、衣食住を保障してくれる存在は影響力が強い。

今日も時間を作り、集まった人たちに丁寧にこれからの流れを説明している。地球を離れることを不安がる者もそれなりにいる。これから行く先がまるで楽園であるかのように誇張していたダモスとは違うと、秘書のような役割に納まったレベッカも満足げだ。

「どのような改造プランを選択されても、初回は無償です。二度目以降は有償となりますので、しっかり考えて選んでくださいね」

肉体を改造されるという言葉に不安や拒絶感を感じる者も当然いたが、連邦市民として生きる上では不便である理由もしっかりと説明される。反論や反感は徐々に収まりを見せ、ほとんどが連邦への移民を決断してくれた。

「本来、移民の皆さんの市民権は十三位から始まるのが通例ですが、カイト三位市民《エネク・ラギフ》の申し出により、皆さんには十位の市民権が付与されます。地球のような自然天体への居住には七位以上の市民権が必要となりますので、そこだけは理解してください」

おお、と座がどよめき、カイトに視線が向けられる。何故《なぜ》だかレベッカが誇らしげな顔をするが、特に口を挟んだりはしない。

エモーションによると、十三位の市民権であってもかなり高い生活水準であるようだ。十位であれば、地球でいう大富豪みたいな生活も可能なのだとか。

「……地球は、どうなるのでしょうか」

寂しそうな声で、ぽつりと呟《つぶや》く声があった。

老人だ。理屈では分かっていても、地球を捨てることが辛《つら》いのだ。その思いは皆が感じているものでもある。座に少しばかり切ない空気が流れた。

『それに関しては、心配する必要はないぞアースリングの諸君！』

合成音じみた声が、どこからともなく聞こえてきた。

思わず頭を抱えると、リティミエレも同じく頭を抱えていた。体毛の色が変わっているから、多分言いたいことは一緒だろう。

色々と、台無しだ。

＊＊＊

「な、なんだあれは⁉」

「隕石《いんせき》か⁉」

「モンスターか⁉」

「……いいえ、連邦市民です。あんなのでも」

消え入りそうな声でリティミエレが言ったが、誰の耳に届いただろうか。恐慌《きょうこう》と不安で、誰もが騒ぎ立てている。

一方で、カイトとリティミエレは顔を見合わせた。どうやら時間切れらしい。

『リティミエレ君、待たせたな！　アバキアを運んできたぞ！』

「待っていないのでこのまま宇宙にお戻りください代表。色々と台無しです」

『ひどくないかね⁉』

明らかにテンションが高い。カイトは声がどこから聞こえてきたのか、判断できずにいた。

それもそのはず。空の彼方《かなた》から次々と、代表と同じような物体が降り注いでいるのだ。

「リティミエレさん……まさかとは思いますが」

「ええ、そのまさかでしょうね……。やらかすんじゃないかと不安に思ってはいましたが……」

本当にやりやがった。

銀河に広がった、テラポラパネシオの仲間たち。そのすべてが、あらゆる仕事を放りだして――あるいは仕事仲間ごと引き連れて――地球へとやって来てしまったらしい。自分たちの周囲に障壁のようなものを張っているのだろう。かれらの障壁は重力まで遮断するのか。やりたい放題だな。

目的地は海だ。うっかり陸地の方に降りて来てしまった個体が、空中で方向転換をして海に向かう様は、まるで空が水族館になったように見えなくもないが。

ディーヴィン人との争いを目の前で見て、それなりに耐性がついていたはずのレベッカも真っ青だ。カイトの腕を掴《つか》み、慌てた様子で聞いてくる。

「カイト、あれは何⁉　生物兵器？　船の一種？　それとも敵⁉」

「どれも違うよ、レベッカ。何て言えばいいかな……。ええとね」

どう説明するのが分かりやすいか。レベッカの発言の中では、生物兵器が一番近いような気がするけれど。

余計に誤解を生みそうな気がするので、連邦最強の生命体という身も蓋もない説明は封印する。多分代表であろう、唯一こちらに向かってくる個体を見上げながら。

「知性を持った宇宙クラゲの皆さん」

「はぁ⁉」

分からないよね。そうだろうさ。

これ以上端的な説明を出来る語彙が見当たらない。カイトは深く深く溜息《ためいき》をついた。

＊＊＊

数えるのも馬鹿らしくなるほどの宇宙クラゲの大群が、地球の海に着水を始めている。ゾドギアのカメラから端末に映像が送られてくるので、カイトは呆《あき》れ交じりにその様子を見守っていた。海沿いで見ていたらホラーだろうなと思いつつ、視線を端末から外して目の前でぷかぷか浮遊する個体に声をかける。見た目だけで見分けはつかないが、大きさの関係で議員の方ではなく代表の方だと判断する。

「で、代表。聞くまでもないかと思いますが、これは？」

『うむ、カイト三位市民《エネク・ラギフ》。アバキアと一緒に全員揃《そろ》ったので来た！』

「やっぱり……」

リティミエレの方を見ると、体毛を全て灰色にくすませて首を振っている。どうやら連邦本部も大混乱らしい。

超能力によって連邦の運営に多大な影響を与えてきた種族が、全てを放り出して地球に集結してしまった。それは連邦の他の皆さんも焦《あせ》るだろう。

『心配はいらないぞ、リティミエレ君。さすがにこれだけの大移動は今回だけだ。次からはしっかりと休暇を取って来ることにする』

「……ええ。それは本当に助かりますぅ」

しおしお。そんな表現が似合うほど、力なく答えるリティミエレ。

代表はそんなリティミエレの様子が目に入らない様子で、いそいそと触腕を動かしてみせる。

『済まない、カイト三位市民《エネク・ラギフ》。他の個体を待たせているので、挨拶はこのくらいにさせてくれ。交感が終わった後で、また』

「ええ。存分にどうぞ」

『感謝する。ふほほほほほほほほーッ！』

ばびゅん、と。

海に向かってすっ飛んでいく代表を見送る。背後ではレベッカが、呆然《ぼうぜん》としている気配。

一応このやり取りで、宇宙クラゲが高い知性を持っていることは理解してくれただろう。ひとまずはそれだけでいい。

「カ、カイトさんと言ったかね」

「はい？」

「れ、連邦というのは、あんな恐ろしいモンもいるのかね？」

怯《おび》えた様子で聞いてきたのは、先程まで連邦への移民をそこそこ前向きにとらえてくれていた女性だった。

頬が引きつりそうになるのをこらえながら、答える。頭の中は上手《うま》い着地点を探してフル回転だ。

「色々な種族がいるでしょう？　今回、連邦への加入がスムーズに運んだのも、彼らのお陰なんですよ」

「そうなのかい？　わ、私らを食べようとかじゃあ、ないんだよね？」

「そんなことありませんよ。僕だって食われていないでしょう？」

「そ、そうだよね。あんたとも会話していたんだし、大丈夫だよね」

半信半疑を人の形に成形すればこんな顔になるのではないか。そう感じてしまえるほどの不信感を顔に貼りつけて、女性は頷《うなず》く。

助けて。リティミエレの方をちらりと見るが、そちらにも何人かが声をかけているし、多分カイトと同じであろう表情をしている。

「キャプテン」

「何だい、エモーション」

「テラポラパネシオの皆様の降臨によって、地球人《アースリング》のストレス値が三十パーセントほど増大しています」

「……ソウダロウネ」

この時ばかりは、エモーションの冷静さが何故《なぜ》だか憎らしく感じられた。

＊＊＊

緊張の一瞬である。

地球の海の中で、テラポラパネシオたちはそれぞれの交感対象となる地球のクラゲを選んでいた。

全ての個体が意識を共有しているというのに、抜け駆けは絶対に許さないという強い意思。あるいは今この瞬間、宇宙クラゲことテラポラパネシオはそれぞれの個性を獲得したのかもしれない。

ともあれ、そういった強い意思の下、彼らはあらゆる業務を放り出して地球に集結した。

『さあ、同時に行くぞ』

ふよふよと浮かんでいる地球クラゲたちに、恭《うやうや》しく。宇宙クラゲたちはその触腕を触れさせた。

『！！！！！！』

声にならない感情が吹き荒れた。

昼夜関係なく、世界中の空に極彩色のオーロラが浮かび上がる。

そこには、永遠の孤独から解き放たれた歓《よろこ》びと、目的のひとつを果たした虚脱、自分たちのルーツとはやはり違うという悲しみ、それらを交ぜ合わせたような感動が満ちていた。

彼らにその機能があったならば、ここが水中でなかったならば、きっと等しく涙を流していただろう。

自分たちよりも遥《はる》かに小さく脆弱《ぜいじゃく》な、しかし多様性に満ちた、不自由かつ自由な命の彩《いろど》り。うっかり壊してしまわないように、その命を祝福するように、宇宙クラゲたちは細心の注意を払って交感を続ける。

『……嗚呼《ああ》、素晴らしいひと時であった』

どれほどの時間を費やしただろうか。

異なる星で生まれた、違う進化を辿《たど》った、それでもとても近しい仲間たち。

テラポラパネシオと交感を果たしたただの一体も、その命に影響を受けずに去って行くのを確認して。

残されたのは、たったひとりの地球人《アースリング》、新しい連邦市民への深い感謝と友情。

『さあ、我儘《わがまま》の時間は終わった。それぞれの役目に戻るとしよう』

『リティミエレ君は怒っているだろうな。説教は覚悟しなくてはなるまい』

『今後はしっかり休暇を取るとしよう。この体験は実に刺激的だ。一度で終わるのはもったいない』

『そのためにも、この星の管理権限を必ず勝ち取らねばならん』

これまで積み上げてきた何もかもを擲《なげう》つことになったとしても。

あるいは、また別の星で似たような生物と出会う機会があったとしても。そして、その生物が地球のクラゲよりも自分たちに近しい、あるいは直接のルーツであったとしても。

今日この時の感動を超えることはきっとないだろうと彼らは結論づけていた。

『我々はその蛮勇に感謝する』

『我々はその無謀を愛する』

『我々はその決断を尊重する』

『カイト三位市民《エネク・ラギフ》。我々テラポラパネシオは、君に心からの感謝と、永遠の友情を捧《ささ》げる。この地球という星に誓おう』

何故《なぜ》なら、テラポラパネシオの億年にわたる夢のひとつが、過不足なく叶《かな》えられたのだから。

＊＊＊

満足した宇宙クラゲは、ひどく素直に宇宙への帰途についた。

彼らの濃密というか重厚な感謝の念は、ちょっとしたトラウマになりそうな圧を持ったテレパシーとしてカイトに届けられた。頭が痛い。

ゾドギアの代表は個人的なお礼とばかりに、地球上に残っていたすべての地球人《アースリング》をアバキアへと瞬間移動させた。

そう、箱舟の港《ポートオブアーク》にいなかった地球人《アースリング》も含めた全員を。

相変わらずの大雑把さで、リティミエレやアバキアで準備をしていた機械知性たちが新たな混乱に巻き込まれている。

既に連邦市民と認定されていたカイトとエモーションはまだ地球上だ。頭上を見上げれば、黒々とした二つの球体が空の上に小さく見える。

地球には十体のテラポラパネシオが居残って、地球環境の回復作業に従事することになったという。その説明をしてくれた代表はこの後、ゾドギアに戻る。カイトに事情を説明し、意思を確認するために残ってくれたのだ。この会話は、生き残った地球人《アースリング》たちに万が一にも聞かれてはいけないものだから。

『カイト三位市民《エネク・ラギフ》。地球環境が回復した暁には、彼らとともにここに戻ることを望むかね？』

「戻ることが出来ると？」

『我々は君に深く感謝している。特例として、連邦政府に君たちをここに戻すよう働きかけることも検討している』

「お気持ちはありがたい……とてもありがたいのですが」

カイトは静かに首を横に振った。

テラポラパネシオによる環境の回復。それはつまり、地球人類がふたたび地球上で生活できる可能性を示す道でもある。

連邦法の上では地球の代表と認定されているのがカイトだ。もしその提案を受け入れれば、彼らは真摯にその為《ため》に力を尽くしてくれるだろう。だが。

「僕はそれを望みません。彼らがそれを願うなら、それは彼ら自身の努力によって成し遂げるべきだと思うからです」

地球人《アースリング》は、滅ぶはずだった。

いくつかの幸運によって、滅びを回避することが出来た。

その幸運に甘えてしまえば。その先に待っているのは、次は誰からの助けも得られない本当の滅びだ。

それに、彼らは歴史も、文化も、これまでに培《つちか》ってきたものをほとんど失ったのだ。知性体として生きる気力を取り戻すには、何か新しい目標が必要だろう。

『そうか。それがカイト三位市民《エネク・ラギフ》の考えであるなら、我々はそれを尊重する』

「ありがとう。それとは別に、お願いしたいことならあります」

『ほう。聞こうか』

「ディーヴィン人に連れ去られた十万人の地球人《アースリング》。彼らの救出に力を貸していただきたい」

『それは頼まれるまでもなく、当たり前のことだよカイト三位市民《エネク・ラギフ》。心配は要らない』

「ありがとう、代表」

差し出された触腕を、握手するようにそっと握る。

そういえば、と代表が何かを思い出したような様子を見せた。

『前に君は、自分が地球人《アースリング》の代表をするのは向いていないと考えていたようだが』

「ええ」

『なかなかどうして、君は立派に地球人《アースリング》の代表をやっていると思うぞ』

「そうですかね？」

有難《ありがた》いのか、有難《ありがた》くないのか。超能力を使えるようになったからか、カイトの思考はテラポラパネシオでも読み取れなくなったようだ。代表の言葉に、わずかに感じた喜びを苦笑に隠して。

カイトはエモーションを連れてクインビーへと向かうのだった。

＊＊＊

アバキアの中は、確かにゾドギアと同じようなつくりをしている。

だが一方で、地球人《アースリング》のために揃《そろ》えられた内部環境は、なるほど崩壊する前の、懐《なつ》かしい地球の一部を切り取っているようだった。

「初めまして、カイト三位市民《エネク・ラギフ》。自分はシズォンガ。お会いできて光栄だ」

「初めまして、シズォンガさん。こちらこそ」

アバキアの代表は、どちらかというとリティミエレに近しい風貌だった。体毛の色が感情によって変わるのも同じようで、今は全身の体毛が緑色になっている。

握手を交わして、用意された通路を歩く。エモーションは人型になって少し後ろをついてきている。

「おおむね全員が、微細マシンの移植という改造を選んでいるよ。やはり生まれついた在り方を大きく変えたいと思う人は少ないようだ。中には熱心に全身機械化を選ぶ人もいるが、この辺りはどの文明でも一定の割合でいるからね」

「星が違っても、そこまで大きく違うことはないんですね」

「それはそうさ。連邦に加入する種族は、それが出来る程度の知性と社会性を獲得している必要があるのだから」

　連邦に加入している種族は二千あまりと聞いているが、それも既知の種族の六割程度らしい。連邦に加入して互いを尊重できるだけの社会性を獲得できていない、種族的思考として他種族と交わろうとしない、そもそも連邦の法を守るつもりがないなど加入しない、させない理由は様々だ。

　ディーヴィン人への聞き取りも進んでいるようで、尋問はテラポラパネシオが担当しているという。ピクラシカアという個体から思考と記憶を読み取っている最中で、余罪が次々と明らかになっているという。

「ゾドギアにいるから、興味があるなら後で見に行くといい。ディーヴィン人と連邦の間で戦争になるかもしれないしね」

「戦争？」

「ああ。彼らは連邦への再加入を望んでいたようだが、そのために行っていたのが連邦法を無視した犯罪だ。理解できんよ」

　シズォンガの体毛が、赤と黒の斑《まだら》色に染まりながら逆立つ。随分と怒っているようだ。どうやら地球に残っている神話の一部には、ディーヴィン人による地球文明への干渉が含まれていたようだ。まったく、ロクなことをしない。

　カイトの視線に気付いたか、体毛の変化が収まる。

「いや、お恥ずかしい。リティミエレにはもう会っていたよね。我々の種族はこう、感情の変化が体毛に反応するんだ。リティミエレの奴《やつ》よりは制御しているつもりなんだが」

「お気になさらず。やはりリティミエレさんと同じ種族の方でしたか」

「血縁なんだよ。リティミエレはまだ若いが、あれで優秀な子だ。仲良くしてやってもらえると嬉《うれ》しい」

「僕だけでなく、地球人《アースリング》はみなお世話になっていますよ」

シズォンガとは話が尽きないが、目的地は近づいてくる。

行き止まりが目の前でずれるのも、いい加減慣れてきた。シズォンガと別れて、部屋へと入る。背後で再び通路がずれる音。

中には、レベッカ一人が待っていた。アリサと両親はいないのかと目線で確認すると、察したのかレベッカが口を開く。

「三人はちょうど、改造を受けているところよ」

「君は？」

「先に終わらせたわ。特に実感はないけど」

「そんなものさ。僕も同じだった」

「超能力を使えるようになる改造なんてあるのね。確かにあなたなら選びそうな改造だと思ったわ」

「まさかとは思うけど」

カイトはロマン優先でこの改造を選んだが、地球人《アースリング》がそれを選びたがるのではないかとちょっと不安に思っていた。特に、目の前でカイトの超能力を見たレベッカなどは。

だが、レベッカは首を横に振った。

「私は無難にナノマシン……超微細マシンだっけ？　そっちの改造にしたわ。アリサが超能力にしたいってゴネて、説得に苦労したけど」

「それは……ありがとう。これまでにもアリサの身を守ってくれていたと聞いた」

「いいのよ。あなたを助け出せなかったって負い目もあったし」

沈黙が下りる。三年だ。決して短くはない。

先に耐えられなくなったのはレベッカの方だった。湿った雰囲気を振り払うように、つとめて明るく聞いてきた。

「それで？　用件は何かしら」

「地球の環境は、あの宇宙クラゲたち……テラポラパネシオが回復させてくれることになった」

「……本当!?」

「ああ。だが、同時に地球は連邦の資産となる。七位市民《テトナ・イルチ》以上の市民権を持たない限り、天然惑星への居住は認められない。地球は地球人《アースリング》の星じゃなくなるってわけだ」

「連邦の居住区についたら、七位市民《テトナ・イルチ》の市民権を地球人《アースリング》全体が保有できることを目標にするといい。何をすればいいか分からない人生は……辛《つら》いだろうからね」

カイトの言葉に、レベッカが眉根を寄せる。

それが別離の言葉だと分かったのだろう。不安そうな顔で聞いてくる。

「一緒に来てくれるんじゃや、ないの？」

「ディーヴィン人が先に売り飛ばした十万人。これを助けないといけない。連邦の皆さんに全部任せるわけにもいかないだろ？」

「それはそうかもしれないけど。あなたはこれだけの地球人《アースリング》を救ったのよ？　それに元々はあなたこそが」

「違うんだ、レベッカ。それは結果論に過ぎない。僕は地球に戻ることを選ばなかった。最初に君たちを棄《す》てたのは僕なんだよ」

指導者としての役割を求められるのが嫌だったから。ただ一人のカイトとして最期《さいご》の自由を求めたから。結果が良かっただけのことで、褒められるようなことは一つもないのだ。

黙り込んだレベッカに、カイトは心からの願いを告げた。

「君が彼らを導くんだ、レベッカ。君になら、後を託せる」

「何で……!?　私は補佐として」

「その前は、僕と同じことを学んできたじゃないか。結社《あいつら》に指示されたことに固執する必要はないんだ。持っている知識を活《い》かすだけだよ」

「でも」

縋《すが》るような視線から、目を逸《そ》らす。

望みもしない役割を演じるつもりはもうない。たとえそれが、役割を誰かに押し付けることになったとしても。

「僕に指導者としての役割があったとするなら、それは皆を連邦に連れてきたことで終わりとしたい。地球人《アースリング》を助けたら、僕はエモーションと気ままな旅暮らしをするつもりだ」

「エモーションって……そのひと？」

「ああ。追放刑の頃から僕をずっと支えてくれたパートナーだ。背中を預けられる、信頼できるひとだよ」

「初めまして、レベッカさん。元刑務官８９７９……と言えば分かりやすいでしょうか。機械知性としての名前はエモーションです」

「機械知性……人間じゃないの？」

「はい。元々は宇宙監獄の刑務官として、キャプテン・カイトの生活管理をしていました」

「そう。カイトは変なやつだったでしょう？」

「ええ。行動パターンも思考パターンも、理解できないことが多くて大変なことばかりです」

「……羨ましいわね」

レベッカがじっとりとした視線をカイトに向けてきた。そんな視線を向けて来られても困る。これまでのカイトを支えてくれたのは、誰よりもエモーションなのだ。だいたい、昔の恋人みたいな態度を取っているけど、自分たちの間にはそんな関係は一瞬たりともなかったはずだぞ。

指導者の補佐役となるべく、徹底的に再調整された弊害だろうか。縋《すが》る相手を持たないと精神の均衡を崩してしまうような。理屈や言葉で諦めさせるのは難しいかもしれない。

カイトは超能力でレベッカの意識レベルを強制的に落とす方法を選択した。かくんと頭を下げた彼女の体を支えて、備え付けられたベッドに恭《うやうや》しく寝かせる。

「キャプテン・カイト？　いくらなんでもその対応は非人道的かと」

「何のことかな」

「説得の見通しはありませんでしたが、昏倒《こんとう》させるなんて」

「そりゃ、そうなんだけどさ……いや、何でもない」

「何ですか、人を馬鹿みたいに」

レベッカを超能力で眠らせた理由は、彼女をこれ以上傷つけたくなかったからだ。このまま続けていたら、口論になってしまう。そしてその口論で決着がつくことはきっとない。言葉を交わさずに終わらせる関係もあるというのは、情緒を学ぶ途中のエモーションにはちょっと難しいかもしれない。

エモーションの小言を適当に受け流しながら、カイトは部屋を後にした。

もうこれで、地球と地球人《アースリング》に対しての心残りはどこにもないのだから。

＊＊＊

目を覚ましたレベッカは、そこにカイトたちがいないことに気付いて深く嘆息した。アリサたちは戻ってきていない。カイトが来たことも知らないままだろう。

「本当に……もう地球には興味がないのね」

苦笑が漏れる。

再会してから別れる時まで、結局カイトは一度も地球が滅亡に至った理由を聞いてこなかった。もしかすると事前に知っていたのかもしれないが、再会した時から特に関心がない様子だった。興味がなかったと思った方がしっくり来る。

ふと右手に、一枚の紙を握らされていることに気付いた。

「……本当に、根に持ってるわねえ」

メモだ。アリサと両親には自分やカイトとの縁を理由に権限を持たせるべきではないこと。アリサはともかく両親は世俗的なので、権限を私的に使うからくれぐれも気をつけること、と書かれている。

結社の定義していた指導者の資質。

権力を含めたあらゆる事物に興味を持たず、なおかつそれらを誰よりも有効に使えるだけの知性と肉体を持つこと。

確かにカイトはその通りの人物に育った。あまりに興味がなさ過ぎて、地球ごと棄《す》ててしまったけれど。その超然とした性格の中に自由への渇望《かつぼう》と、自分を売り払った両親への不快感が残っていたというのが少しばかり微笑《ほほえ》ましい。

「まったく、最後まで思う通りにならないったら」

レベッカはひとつ大きく息を吐くと、紙を握り潰して立ち上がる。

「さて、地球人《アースリング》を七位市民《テトナ・イルチ》にだっけ。私の役割はそこまでかな」

カイトたちが出て行ったであろう方向を見て、ふふんとふてぶてしい笑みを浮かべる。

「あんたがそうしたように、役割が終わったら私も自由にさせてもらうからね」

似たような船で追ってこられたら、あの朴念仁はどんな顔をするだろうか。

レベッカ・ルティアノはそんな未来に思いを馳《は》せ、それを自身の目標にしようと心に決めるのだった。

エピローグ
希少人類＝地球人《アースリング》

Traveling through the galaxy together.

Former prisoner and guard of a space prison leave a ruined earth and head for the stars

星の中にいては中々自覚できないことだが、空の果て、宇宙の深淵《しんえん》は文字通り果てしない。

生命の持つ生き汚さは、時として自分たちを生み出した星すらも超えていく。

そして地球人《アースリング》は、その中でも随分と遅れ、そして悲劇的な末路をたどった種族となった。

『キャプテン、信号をキャッチしました。あの船に二名ほど、地球人《アースリング》の反応があります』

「了解。それじゃご挨拶といこうか」

故郷から遥《はる》か、遥《はる》か遠《とお》く。

自分たちの寄る辺たる文明の大半を失った地球人《アースリング》は、自分たちの母星を捨てることを余儀なくされた。

『おい、何のつもりだ！　危ないだろうが！』

「はいはいハローハロー。おたくの船に地球人《アースリング》が二人ほどいるね？　ちょっと確認したいことがあるので答えてもらおうか？」

『何？　まさかてめえは！』

通信先から焦《あせ》った声が上がる。

相手の船の方がこちらよりも明らかに巨大だが、向こうにこちらを侮《あなど》るような様子はない。

カイト・クラウチ。この銀河に厳然たる影響力を保持する連邦において、三位市民《エネク・ラギフ》の地位にある唯一の地球人《アースリング》。そして、母星を失った地球人《アースリング》たちを保護して回っていることで名を知られつつあった。

「こちらは連邦所属、戦闘艇クインビーのキャプテン・カイトだ。あんたたちが連れている地球人《アースリング》は、ディーヴィン人が不当に売買した疑いがある。どうだね？」

『ふざけんな、こっちはな――』

「連邦法に署名していない、なんて眠たいことは言わない方が良《い》い。ザニガリゥ大船団のようにはなりたくないだろ？」

『てめっ、まさかあれは本当に⁉』

少し前に大立ち回りをした事案を例に出せば、通信の先では随分と焦《あせ》ったような声が上がる。

カイトは、背後に曳航《えいこう》していた要人用の客船を切り離した。エモーションが遠隔で操作している この船は、保護した地球人《アースリング》を乗せるために連邦政府から借り受けているものだ。

働きバチを戦闘準備態勢に移行する。あえてゆっくりと動作するのは、戦闘に入る前に相手が折れるのを待つためだ。連邦に所属していないとしても、地球人《アースリング》を買った連中だからと言って、必ずしも敵というわけではない。

『待て！　戦闘態勢を解いてくれ。二人の身柄を渡す。それでいいか？』

「賢明な判断だ。感謝する」

『ただし、お前の船がこれ以上この船に近づかないことを条件としたい。奥の客船をここまで寄越してくれたら、その船にアースリングを乗せてこちらは離脱する。構わないか？』

「いいだろう。ただし、地球人《アースリング》が無事に乗ったことを確認するまでは、そちらも動かないこと。こちらの条件はそれだ」

『分かった』

緊張感が漂うやり取り。客船が相手の船に近づくと、エモーションが客船の機能を使ってモニタリングを始める。

タラップで船同士が繋《つな》がり、しばらく待つ。タラップが収納され、エモーションが警戒を解いたのが分かった。

『キャプテン・カイト。二人の身柄を保護しました。特に仕掛けられたものはありませんね。連邦の保安船団には連絡しましたので、程なく迎えが来るでしょう』

「了解。それじゃしばらく待つとしようか。……確認した。行っていいぜ」

相手の船と繋《つな》ぎ、解放を伝える。

『……沈めないのか？』

「そこまでするつもりはないよ。次に地球人《アースリング》を乗せるなら、買うんじゃなくて正式に雇うんだな。それならこんな真似《まね》をしなくて済む」

『そうさせてもらう。今後はディーヴィン人どもとは取引をしないことを約束しよう。それじやあな』

別にそこまでしなくても良い、と言う暇はなかった。

這《ほ》う這《ほ》うの体で逃げ去って行くその船を見送りながら、カイトは地球人《アースリング》を乗せた船がこちらに合流してくるのを待つ。

「やれやれ、僕たちが自由にこの銀河を旅できるのは、いつになるんだろうねえ」

『それほど先のことじゃありませんよ、きっと。それに、何だかんだ観光みたいなものじゃないですか』

「そうだね。それに、時間だけならいくらでもある」

『ええ。保安船団、現着しましたよ』

エモーションも随分と染まってきたものだ。

カイトは保安船団に客船ごと保護した地球人《アースリング》を託すと、挨拶もそこそこに船を次なる宙域へと翔《か》けさせるのだった。

あとがき

皆様初めまして。榮織《さかしき》タスクと申します。

このたび拙作『銀河放浪ふたり旅』が第九回カクヨムWEB小説コンテストにてエンタメ総合部門の大賞をいただき、出版のはこびとなりました。

カイトとエモーションのコンビの旅路を楽しんでいただけましたか？　WEBで連載を開始してから程なく、望外のご評価をいただいたことで調子づいて、半年ほど毎日更新を続けました結果、カクヨム上では現在八十万字ほどまで膨れ上がっております。よろしければそちらも暇つぶしのお供にご活用いただければと思います。

第一回のカクヨムコンから参加しておりますが、異世界ファンタジーや現代ファンタジーを主戦場にしてきた私がSFでカクヨムコンに挑もうと思ったのは、端的に言えばアイデアが降りてきたからです。電波を受信したかのような、不思議な感覚でした。

書き上げる上で意識したのは、『実社会で実現していない技術や発見されていない理論については詳しく書かない』という点でした。実際、これまでSF作品をそれほど多く読み込んできたわけではありません。

アイデアやギミックを極力排して、不思議なものは不思議なまま、凄《すご》いテクノロジーはなんとなく凄《すご》いまま。幼い頃に触れたSFアニメを、訳も分からず面白がっていた頃のように。

作品のコンセプトは「何となく『こういうのでいいんだよ』と思ってもらえるSF」でした。拙作をお読みいただき、おひとりでもそういった感想を持っていただければ、それが何よりも嬉《うれ》しいです。

カクヨムコンでの拙作への講評にもありましたが、WEB発のSFエンタテイメント小説のムーブメントが日本でも生まれることを願ってやみません。講評のとおり、拙作が存在感を示せるかどうかは筆者の今後の努力によると思います。寄せられたご期待に応えられるよう、力を尽くしてまいります。今後ともよろしくお願いします。


それにしても、お礼を申し上げなくてはならない方が増える一方です。まずはWEBの頃から拙作を応援してくださった読者の皆様。

拙作を選出してくださり、改稿にあたって相談に乗ってくださった担当の田端《たばた》様、M様。

イラストを担当してくださった黒井《くろい》ススム先生。

そして最後に、この本を御手に取っていただいた貴方《あなた》に心から感謝申し上げます。

令和6年10月吉日　榮織《さかしき》タスク

Mechanical Design

Traveling through the galaxy together.

01 ↘MECHANIC

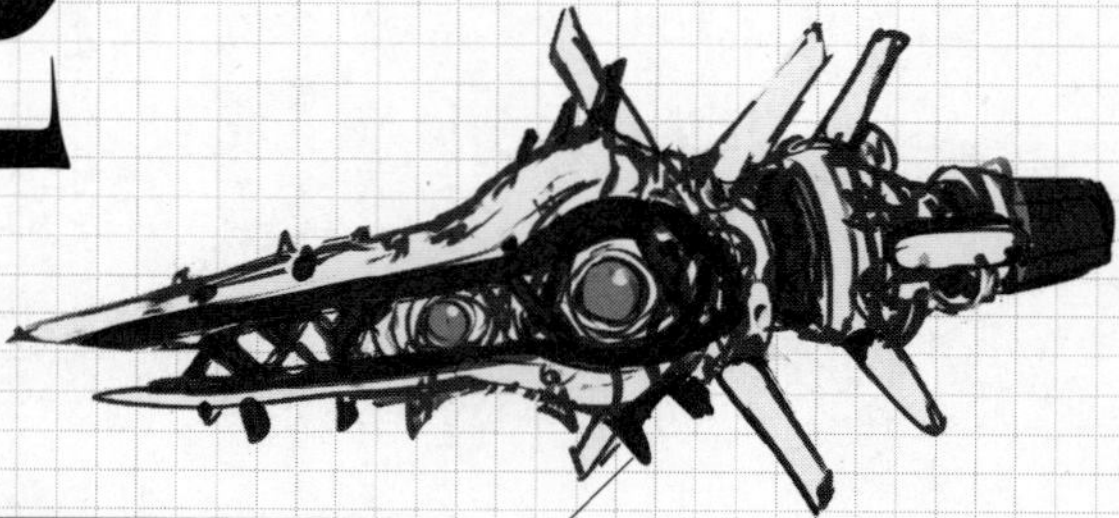

↘NAME

監獄船

02 ↘MECHANIC

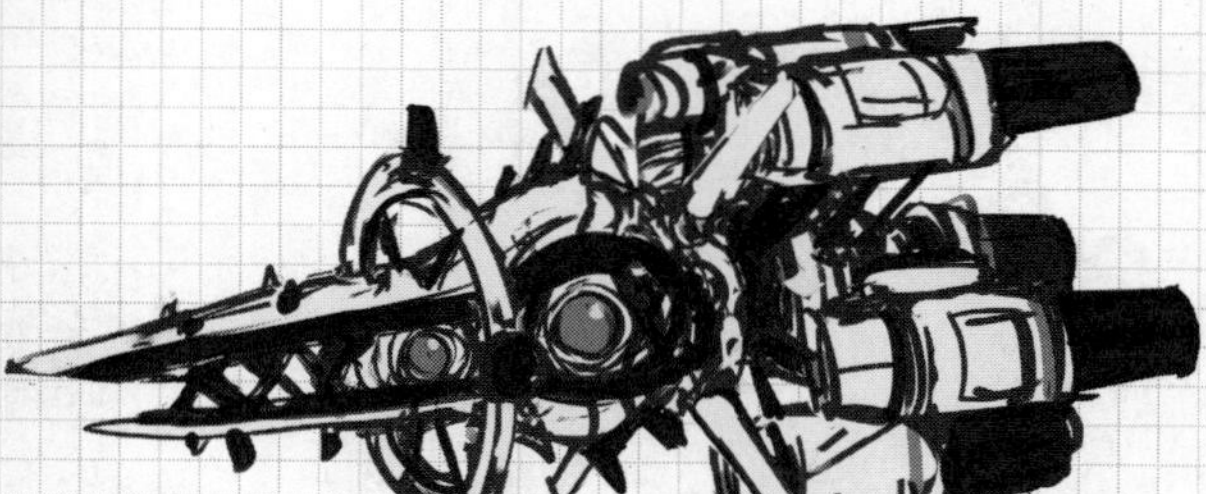

↘NAME

グッバイアース号

追放刑によって宇宙空間に追放された囚人用監獄船を改造し、およそ半年程度で木星軌道辺りまで行けるように仕立てたもの。かなり無茶な改造を施しているので、搭乗者の安全確保などは度外視している。

Former prisoner and guard of a space prison leave
a ruined earth and head for the stars

03

↘ MECHANIC

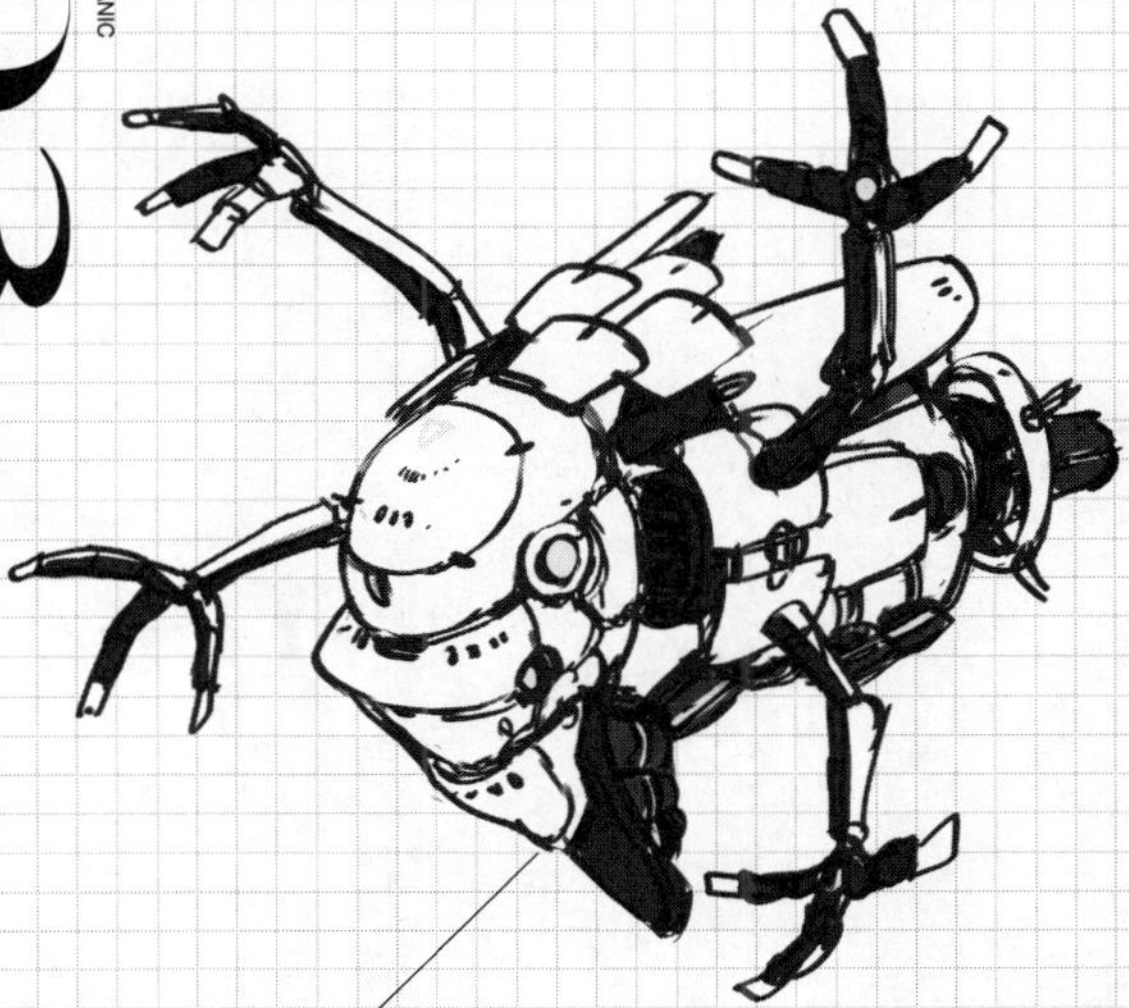

↘ NAME

クインビー

連邦が誇る超能力者専用船『ディ・キガイア・ザルモス』の一種。これまで乗るのがテラポラパネシオだけだったためか、元々の船は最低限の生命維持装置すらなかったため、エモーションによって大幅に内部を改造されている。武装らしい武装は特になく、グッバイアース号を分解した際に出た鋼板を超能力によって表面に貼り付けている。

Next
次巻予告

銀河放浪ふたり旅

Traveling through the galaxy together.

第２巻
企画進行中

カイトとエモーションの旅は続く――
次なる出会いは、
惑星を捕食する
珪素生命体《宇宙ウナギ》!?
［エピソード2］
Coming Soon!

◉榮織タスク著作リスト

「銀河放浪ふたり旅
ep.1 宇宙監獄の元囚人と看守、滅亡した地球を離れ星の彼方を目指します」（電撃文庫）

本書に対するご意見、ご感想をお寄せください。

ファンレターあて先
〒 102-8177　東京都千代田区富士見 2-13-3
電撃文庫編集部
「榮織タスク先生」係
「黒井ススム先生」係

本書は、2023年から2024年にカクヨムで実施された「第9回カクヨムWeb小説コンテスト」で大賞（エンタメ総合部門）を受賞した『銀河放浪ふたり旅～宇宙監獄に収監されている間に地上が滅亡してました』を加筆・修正したものです。

電撃文庫

銀河《ぎんが》放浪《ほうろう》ふたり旅《たび》

ep.1 宇宙監獄《うちゅうかんごく》の元囚人《もとしゅうじん》と看守《かんしゅ》、滅亡《めつぼう》した地球《ちきゅう》を離《はな》れ星《ほし》の彼方《かなた》を目指《めざ》します

榮織《さかしき》タスク

2024年12月10日　初版発行

発行者　山下直久
発行　株式会社KADOKAWA
〒102-8177　東京都千代田区富士見2-13-3
0570-002-301（ナビダイヤル）
装丁者　荻窪裕司（META＋MANIERA）
印刷　株式会社暁印刷
製本　株式会社暁印刷

●お問い合わせ
https://www.kadokawa.co.jp/（「お問い合わせ」へお進みください）
※内容によっては、お答えできない場合があります。
※サポートは日本国内のみとさせていただきます。
※ Japanese text only

※定価はカバーに表示してあります。

ISBN978-4-04-916095-6　C0193　Printed in Japan

電撃文庫　https://dengekibunko.jp/

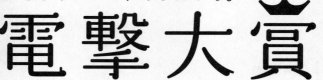